# 붉은 주마등

김복희 장편소설

시음사
시사랑음악사랑

# ▪ 작가의 말

이 소설은 2022년 8월, 80년 만에 내린 폭우 피해로 우리나라 서울에 있는 신림동에서 여성 세 사람이 반지하주택에서 숨지는 사건이 있었다. 그리고 서초동에서도 반지하에서 살고 있던 노인 한 사람과 흑석동에서는 폭우 피해 현장을 정리하던 구청 소속 60대 남성이 폭우로 쓰러진 나뭇가지와 전선을 정리하다 감전되어 숨지는 사건이 있었다.

본 작가는 이들의 죽음이 너무 애처로워 다시는 이런 일이 일어나서는 안 되겠다는 생각에 신림동에서 일어난 사건을 재조명하여 그들이 침수된 물에 갇혀 있는 모습을 소설화해 본 것이다. 그러므로 실제 사건과는 아무런 관련이 없으며 작가가 그 상황에 직면해 있다는 가상의 세계를 그려본 것이다.

옛 속담에 '호랑이에게 물려가도 정신만 차리면 산다.'라는 속담이 있다.

시냇가로 흘러가야 할 빗물이 폭우로 도로에 설치되어 있는 맨홀 뚜껑이 열리면서 주택가로 덮쳐 빌라의 반지하주택 현관문 틈새와 창문 틈새로 흘러 들어온 물이 집안 천장의 40cm까지 찼는데, 그 속에서 40대 여성이 슬기로운 대처로 장애인인 언니와 어린 딸을 달래며 119 구조대가 올 때까지 버텨내는 인간의 생명에 대한 애착과 끈질긴 인내력을 표현한 글이다.

　주인공은 반지하주택에 침수된 물속에 갇혀서 옴짝달싹도 못 하는 상황에서도 침착하게 머릿속으로 스쳐 가는 주마등 같은 지난날 희로애락(기쁨, 노여움, 슬픔, 즐거움)의 추억으로 불안을 떨쳐 내며 언니와 딸을 보호하는 모습을 하나의 소설로 표현해 본 것이다.

　이 책을 읽는 독자분들도 본인이 이런 어려운 상황에 부닥치면 나는 어떻게 했을까? 상상하면서 읽어 보신다면 옛 속담의 의미를 이해하리라 믿는다.

　그리고 지면에 여유가 있어, 고희의 기념으로 다녀온 네팔 히말라야 ABC(안나푸르나 베이스캠프) 등산기를 한편 실었는데 등산을 좋아하시는 분들에게는 도움이 될 것으로 생각된다.

2023년　월

글쓴이 : 김 복 희

네팔 히말라야 풍경

# ▪ 나오는 사람

- **은실(여, 40세)**
  선미 어머니, 금실 동생, 고등학교 졸업
  보험회사 설계사

- **금실(여, 43세)**
  은실 언니, 특수학교 졸업, 발달장애인
  직업재활센터 다님

- **선미(여, 12살)**
  은실 딸, 금실 조카, 초등학교 4학년

- **어머니(여, 68살)**
  금실·은실 어머니, 선미 외할머니, 야채상

- **찬호(남, 41세)**
  은실 남편, 선미 아버지, 화장품회사 중견 사원

- **기타**
  은실 친구 등 다수

# ▪ 목차

# 1. 정신을 차려보니

맑은 가을 하늘을 배경으로 한 억새꽃 모습

실바람만 불어와도 날아갈 것 같은 가냘픈 억새의 씨앗같
이 나와 내 딸 선미의 혼백이 몸에서 떠나가기 직전 아슬아
슬하게 붙잡은 모양인데 나의 불쌍한 언니는 붙잡지 못하
고 날아간 모양이다.

온몸에 힘이 하나도 없고 나른했다. 전신이 누구에게 실컷 얻어맞은 것 같이 욱신거리고 양쪽 어깻죽지는 인대라도 파열되었나 움직일 수 없을 정도로 따끔거렸다.

가슴은 심한 통증이 느껴지면서 답답했으며 꿈을 꾸고 있나 정신이 몽롱한데 코끝으로 진한 소독약 냄새가 풍겨 왔다. 그리고 귓속에서 아련하게 여인네가 훌쩍거리며 한숨이 섞인 원망스러운 기도 소리가 끝이 없이 들려왔다.

그 기도 소리는

"하나님 아버지 우리 은실을 꼭 살려주세요. 이 아이가 죽으면 너무 불쌍하여 제가 어떻게 살겠습니까?

이 아이를 꼭 데려가야 한다면 이 애 대신 죄 많은 쓸모없는 이 늙은이를 데려가 주시기를 바랍니다.

하나님 아버지 금실을 데려갔으면 은실이라도 살려주셔야 이 늙은이도 살아가지요. 그리고 이 아이는 아직 어린 새끼도 있지 않습니까?

하나님 아버지! 제발 제 기도를 들어 주시기를 바랍니다."

하는 간절한 기도 소리가 어디서 나는 것인지 내 귀에 어렴풋이 들려왔다.

나는 기도하는 사람이 도대체 누구일까? 알아보려고 몸부림을 치는데 어찌 된 일인지 보이지가 않았으며 왜 그렇게 열심히 기도를 드리는지도 알 수가 없었다.

이런 기도 소리를 듣고 있는데 사람이 걸어오는 소리가 나더니

"어머님 너무 걱정하지 마세요. 곧 정신이 들어올 것입니다."

하는 남자의 목소리에 기도 소리는 끊어지고

"선생님 정말 괜찮을까요?"

하는 걱정스러운 여자 목소리가 들리는데 그 목소리는 분명 내 귀에 낯익은 어머니의 목소리였다.

어머니 목소리를 느끼면서 엄마를 부르려고 몸부림치면서 눈을 떠보니 한 번도 보지 못한 곳에 내가 와 있지 않은가?

천장은 상아색으로 깨끗하게 칠해져 있었으며 그리 밝지 않은 형광등 불빛이 내 눈을 부시게 했다.

'내가 왜 이런 곳에 있지?'
꿈을 꿔도 악몽을 꾸고 있는 모양이라 생각하면서 사람 소리가 들려오던 오른쪽으로 고개를 돌려 보니 휠체어에 탄 어머니가 안경을 쓰고 있는 50대 정도 되어 보이는 남자와 대화를 나누고 있다.

그리고 그 옆에는 차트판을 가슴에 낀 간호사가 의사와 같이 어머니를 물끄러미 쳐다보고 있는 모습이 눈에 들어 왔다.

그리고 짙은 소독약 냄새가 코에 진동했다. 나는 직감으로 병원의 응급실인 모양이라는 생각이 들었다.

몸을 뒤척여 보자 양쪽 어깻죽지와 가슴에 통증이 말할 수 없이 왔고 팔에는 주삿바늘이 꽂혀 있는지 부자연스러우며 양쪽 팔이 침대에 묶여 있었다. 그리고 내 옷을 누가 갈아입혔는지 속옷은 없고 맨살에 헐렁한 환자의 가운만 입혀 있었다.

다시 눈을 감고 이것이 어찌 된 일인가 곰곰이 생각해 보니 알 수가 없었다. 몸에서는 병원의 소독약 냄새와 함께 퀴퀴한 흙냄새가 콧속으로 스며들어 왔다.

퀴퀴한 흙냄새가 콧속으로 들어오자 문득 머릿속에 물속에서 공포에 떨면서 구원의 눈방울로 나를 쳐다보면서 울고 있던 선미 얼굴이 떠오르더니 물속으로 휩쓸려 가던 언니의 모습이 스쳐 갔다. 그 순간 나도 모르게

"선미야? 언니~?"

하고 몸부림치며 소리를 지르면서 벌떡 일어나 바라보니 노인네가 얼마나 걱정했는지 머리는 흐트러져 있으며 핏기라고는 하나도 없는 헬쑥한 얼굴에 잔주름이 가득한 눈에 눈물이 가득 고여 있는 어머니가 침대에 묶여 있는 내 손을 꼭 잡고 있었다.

그녀는 내 소리에 놀랐는지

"은실아~? 정신이 들어?"

하면서 휠체어를 돌리는 소리와 함께 어머니의 울음 섞인 목소리가 들려왔다.

그러면서 나를 바라보던 얼굴을 돌려 의사 선생님과 간호사를 보면서 기쁨이 가득한 목소리로

"선생님 우리 애가 정신이 들어온 모양이네요.

은실이가 살아났어요. 우리 은실이가 살아났어요."

하고 울음 반, 기쁨 반인 목소리로 소리를 쳤다. 그러자 의사가 반가운 목소리로

"그래요. 어디 한번 봅시다."

하면서 내게 다가와

"정신이 들어요. 내 말 들려요?"

하면서 내 눈꺼풀을 까보고 브래지어도 하지 않은 내 앞가슴을 헤치고 청진기를 들이댄다.

나는 눈을 지그시 감고 그가 하는 대로 맡기고 있었으며 머릿속은 왜 내가 여기에 와 있는가? 생각하는데... 갑자기 싱크대 상부 장의 문짝이 떨어지면서 문짝에 매달려 있던 언니가 싱크대 위에서 넘어져 물속으로 휩쓸려 가면서

"은실아 ~ "

하고 소리치는 언니의 모습과 싱크대 상부 장 문짝에 스카프에 묶인 손을 걸친 채 공포에 질려 울음 섞인 목소리로

"엄마~"

하고 울부짖는 선미의 모습이 떠올랐다.


그러자 나도 모르게

"선미야~~? 우리 선미는 어디 있어요?"

라고 소리치자 의사 선생님이 웃으며

"걱정하지 마세요. 선미는 깨어나 옆 병실에서 지금 잠을 자고 있으니까요."

하며 가로막으로 막혀 있는 옆 병실을 가리킨다.

"정말요? 정말로 자고 있어요?"

하자

"예, 선미는 지금 정신을 안정시키기 위하여 주사를 맞고 자고 있습니다."

그 소리를 듣자 바로 언니 생각이 떠올라

"그럼 언니는 어찌 되었나요? 언니도 살아 있나요?"

하고 언니 걱정을 하자 어머니가 울부짖는 소리로

"네 언니는 이제 이 세상 사람이 아니란다."

하며 눈물을 훔친다.

"예~?"

하며 내가 비명 같은 소리로 묻자 의사는

"구조대가 최선을 다했으나 언니는 구조 당시 너무 흙탕물을 많이 마셔 심폐소생술을 하기 전에 이미 숨을 거두었답니다. 그리고 환자분과 따님도 조금만 늦었으면 큰일 날 뻔했지요."

하면서 언니를 구하지 못한 것이 안쓰럽다는 표정을 지었다.


그러면서

"지금은 몸이 피로에 지쳐 있는 상태이니 빨리 회복될 수 있도록 주사를 맞고 한숨 푹 잠을 자면서 쉬시기를 바랍니다."

하면서 간호사에게 주사를 놔 주라고 했다.

나는 언니가 이 세상 사람이 아니라는 소리에 다시 정신이 혼미 상태로 들어가는지 정신이 멍하며 무엇을 생각하고 있는지 도저히 알 수가 없었다. 그러는 사이 간호사는 나에게 무슨 주사인지 주사를 꽂았다.

내가 주사를 맞고 있는데 어머니는 반 울음으로

"아이고~ 우리 불쌍한 금실이, 우리 금실이 불쌍해서 어떡할 거나~"

하며 우는 것인지 넋을 논 것인지 알 수 없는 소리를 했다.


그러자 의사는 어머니에게

"어머님도 힘을 내세요. 죽은 사람은 죽은 사람이고 산 사람은 살아야지요. 작은 따님은 아직 젊으니까 하루 이틀 쉬고 나면 금방 회복될 테니 너무 걱정하지 마시고...

수술을 받은 지 얼마 안 되어 몸도 아직 회복되지 않았는데 이런 큰일을 당했으니 얼마나 힘이 들겠습니까마는 어떡합니까? 참고 이겨 내셔야지요.

어머님도 일단 잠을 자야 몸에 무리가 없지요.

큰따님 장례 문제도 있고 집 청소도 해야 할 테니까 일단 쉬시기를 바랍니다."

하는 소리와 간병인한테 어머니에게 보조 침대를 꺼내 주라고 하면서 간호사와 같이 병실을 나가는지 걸음 소리가 멀어졌다.


언니가 죽었다는 소리에 나도 모르게

"언니~"

하고 부르는데 목소리는 나오지 않고 양쪽 눈에서 눈물만 볼기를 타고 흘렀다.

15

그러면서 물속에서 스카프에 묶인 손으로 몸부림치는 언니 모습이 머리를 스쳐 간 것 같은데 그다음은 어찌 되었는지 내가 눈을 떴을 때는 일반 병실로 옮겨져 있었으며 사람들의 웅성거리는 소리가 들려왔다.

사람들 웅성거리는 소리가 나를 잠에서 깨어나게 한 모양이다. 눈을 떠보니 어제 누워 있던 병실이 아니고 오른쪽 침대에는 선미가 누워서 걱정스러운 표정으로 나를 바라보고 있는 일반 병실이었다. 아마 내가 정신이 들어오자 주사를 맞고 잠을 자는 사이에 일반 병실로 옮겨 놓은 모양이다.

눈을 뜨자 선미가 우는 목소리로
"엄마~, 괜찮아?"
하면서 침대에서 일어나 앉은 채로 나를 걱정스러운 표정으로 바라보는데 나도 모르게 눈에서 눈물이 쏟아지며
"응, 엄마는 괜찮은데 우리 선미는 어때?"
하면서 바라보니 얼굴에는 핏기라고는 하나도 없이 창백하게 보였으며 머리는 헝클어져 있었다. 그런 얼굴 모습에 헐렁한 환자복을 입고 있는 선미 모습이 저절로 내 눈에서 눈물이 흐르게 했다.

선미는 그런데도 나를 위로하기 위한 것인지
"엄마 나는 괜찮아."
라고 대답하는데 더 가슴이 미어지는 것 같았다. 이런 것

이 혈육의 정이란 것인가? 하는 생각이 머리를 스치고 지나 갔다.

그때 선미가
"엄마~ 이모는 어디 있어?"
하는데 어떻게 대답해야 할지? 생각이 나지 않고 눈에서 눈물만 흘렸다.

그러는 사이 사람들 발소리가 들려오더니 남녀 기자들이 병실로 들어오면서 나와 선미에게 카메라를 들이대며 말을 걸어왔다.

"지금 몸은 어떠세요?"
"어제 일이 생각이 나세요?"
"무섭지 않으셨습니까?"
"구조대는 바로 왔습니까?"
하며 젊은 남자와 여자 기자들이 정신없이 질문을 해댔다.

나는 눈이 휘둥그레지며 이것이 무슨 일인가 어안이 벙벙하며 놀라는 표정을 짓고 있는데 어디에서 왔는지 의사와 간호사가 오더니 기자들을 밀치며
"이러시면 안 됩니다. 지금 환자는 심신이 쇠약하여 안정을 취해야 합니다. 취재하실 일이 있으면 이따 오후에 취재

하시기 바랍니다.”

하며 나가도록 하자 그래도 밀어붙이며 하나만 묻자며 억지를 쓰는데 의사의 완강한 거부로 일단 병실에서 물러갔다.

심폐소생술을 얼마나 세차게 했는지 유방과 앞가슴에 시퍼런 멍 자국이 나 있었다. 다행인 것은 선미 가슴에는 멍 자국이 보이지 않았다. 아마 내가 살아나는 데 더 어려움이 있었다는 증거라는 생각이 들었다.

정신이 혼미한 채 비몽사몽이고 있는데 어떻게 알고 왔는지 이모가 어머니의 휠체어를 병실로 밀고 들어왔다.

이모는 나를 보자 휠체어를 놔두고
“은실아~ 이게 어찌 된 일이냐? 얼마나 무서웠을까? 몸은 괜찮아?”
하면서 요란을 피웠다. 나는 몸이 지쳐서 그런지 아니면 내 처지가 초라해 보여서 그런지 오랜만에 만나는 이모지만 반가움보다는 서글픈 마음이 앞섰다.

다 죽어가는 목소리로
“이모. 어떻게 알고 왔어.”
하자
“엄마가 전화해서 알았지, 그래 이게 웬일이라니, 그동안 이런 일이 한 번도 없었잖아?”

하자 어머니가

"그러게 말이야, 비가 얼마나 왔으면 이런 일이 일어났을까?"

하고 어머니가 한숨 섞인 목소리로 대답했다.


"내가 네 이모한테 지금 집에 물이 가득 찼고 금실은 죽었으며 너와 선미는 병원으로 실려 가 중태에 빠져 있으니 되도록 빨리 와 달라고 했다.

그리고 집에 헌 옷과 이부자리가 있으면 가지고 오라고 전화했지."

그러자 이모는 병실 밖으로 나가 보따리를 하나 들고 들어왔다. 아마 이부자리와 옷인 모양이다.


보따리 속에는 허름한 여름 이불 두 채와 옷가지가 몇 벌 나왔다. 이모는 보따리를 풀면서 어색한 표정으로

"늙은이 주제에 입을만한 것이 있겠냐마는 우선 급한 대로 걸치고 몸이 회복되면 시장에 가서 새로 사 입자꾸나."

한다.

나는 울음 섞인 목소리로

"이모 고마워요. 지금 선미와 내가 살아 있는 것만도 황송한데 좋고 나쁜 것을 가릴 때여요."

하면서 눈물을 흘리니 이모는 안쓰럽다는 듯이 손수건을 꺼내 내 눈물을 닦아주며

"은실이 네가 빨리 회복되어야 언니 장례도 치르고 어머니 무릎 병간호도 해주지. 어디 그뿐이냐, 집도 정리해야 되잖아. 정신 똑바로 차리고 다른데 신경 쓰지 말고 몸 회복에만 신경 쓰거라."

하며 위로했다.

그러자 갑자기 금실이 언니 생각이 번쩍 떠올랐다.

"엄마, 언니는 지금 어디 있으며 어떻게 해야 한대?"

"언니는 지금, 이 병원 영안실에 안치되어 있단다."

"돈도 없는데 빨리 장례를 치러야잖아."

하면서도 살려고 몸부림치던 언니 생각에 나도 모르게 몸서리가 쳐진다.

"그것은 네가 걱정하지 말거라. 시간이 지나면 다 해결될 테니까. 너는 우선 이모 말대로 네 몸 추스르는 데나 신경 쓰거라. 나라도 몸이 성해야 하는데…"

하며 신세 한탄을 하신다.

이모가

"글쎄 말이요. 죽은 사람은 죽은 사람이고 언니 무릎 수술받은 곳이나 탈이 나지 말아야 할 것인데 걱정이네.

엄마는 그렇고, 지금 네 몸은 어떠냐? 물속에서 기절해 있었다던데?"

"잘 모르겠어요. 지금도 정신이 혼미하며 온몸이 나른하면서 쑤시는 것이….”

하면서 눈을 감는데 밖에서 사람들 발소리가 나면서 병실 문을 여는 소리에 눈을 떠 보니 젊은 남녀 두 사람이 들어왔다.

그들은 어머니와 이모에게 인사를 하고 구청 복지과에서 나왔다면서 자기들 소개를 했다.
"안녕하세요. 저는 관악구청 복지과 복지서비스팀에서 근무하고 있는 팀장 정미선입니다. 그리고 이 사람은 같은 팀에 근무하고 있는 주무관 이강석입니다."
하고 여자분이 자기소개와 동행한 남자 직원을 소개했다.

복지과에서 사람이 나왔다는 소리에 감기는 눈으로 고개를 돌려 바라보니 40대로 보이는 여자 한 사람과 30대 남자 한 사람이 눈에 들어왔다.

팀장이란 사람은 어머니를 보고
"어머니 얼마나 놀라셨습니까? 어떻게 위로 말씀을 드려야 할지 모르겠습니다. 저희는 재난 당한 주민을 돕기 위하여 현장을 파악하고자 출근하자마자 달려 나온 관악구 구청 복지과 사람입니다."
하자 어머니가 무어라 말을 하기 전에 옆에서 듣고 있던 이모가
"수고가 많으시네요. 집이 완전히 침수되어 갈 곳도 없고 사람이 죽어서 영안실에 있는데 어떻게 도와주실 방법이 있

는지 모르겠네요?”

하면서 안달을 한다. 그러나 어머니는 당황해서 그런지 아니면 고마워서 그런지 눈만 멀뚱거리며 이야기만 듣고 있다.

그러자 주무관이란 사람이

“그럼은요 충분하지는 않겠지만 국가에서 재난민에게 생계비나 의료비 또는 주거비나 연료비 및 장제비 등을 지원하고 있으며 또한 사회복지공동모금회와도 연결하여 지원하고 있습니다.”

라고 하자 이모는 살았다는 식으로

“그렇구먼요.”

하며 어머니를 바라보며

“언니, 이제 한숨 돌리겠네요.”

하며 무엇이 당장 해결된 것 같이 말을 했다.

나는 피곤해서 그런지 아니면 주사약 때문인지 나도 모르게 눈이 감겨와 눈을 감자 구청에서 나온 사람과 어머니는 병실 밖에 나가서 이야기하자며 이모와 같이 밖으로 나갔다.

병실이 조용해지자 살며시 눈을 뜨고 선미 쪽을 바라보니 선미는 잠에 취해 있나 새근새근 자고 있다.

선미를 바라보고 있자 갑자기 물 위로 얼굴만 내놓고 슬픈 표정으로 나를 쳐다보며 살려 달라고 애원하던 선미의 모습과 물속으로 휩쓸려 들어가던 언니의 모습이 다시 떠올라

나도 모르게
　"언니 ~"
　하고 다시 정신이 혼미해졌다.


　내가 다시 정신을 차렸을 때는 가벼운 저녁 식사로 죽이 나왔을 때다.
　사람들의 웅성거리는 소리에 눈을 뜨자 저녁 식사로 미음 인지 죽인지 계란을 풀은 죽이 나왔다.
　아무 맛도 없었지만, 딸에게 약한 모습을 보이기 싫어
　"선미야 우리 밥 먹자. 맛이 없고 먹기 싫어도 참고 먹어야 빨리 몸이 회복되지."
　하면서 먹기를 권했다.
　그러자 선미는 얼굴에 불만이 가득한 표정을 지으면서도 억지로 죽을 입에 퍼 넣었다.
　어머니와 이모는 어디로 가셨는지 보이지 않았다.
　언니가 죽었으니 어머니의 마음은 자기 마음이 아닐 것 같았다.


　평생을 혼자 장애인인 언니와 나를 키우며 살아오신 분이니 쉽게 마음이 무너질 분이 아니라는 생각은 들었지만, 노인네의 마음을 어찌 알겠냐는 생각이 들자 내 마음이 더 불안해졌다.
　나라도 어서 빨리 툭툭 털고 일어나야 할 참인데 몸이 잘 말을 듣지 않았다.

병실에 있는 텔레비전에서 흘러나오는 뉴스에

'어제 수도권을 중심으로 몰아친 폭우로 신림동 반지하에 거주하던 여성 세 사람이 침수된 집에서 갇혀 있었던 사건이 발생했습니다.

경찰 발표에 따르면 오늘 새벽 신림동 빌라의 반지하에서 살고 있던 40대 여성과 그녀의 여동생인 40대 여성과 동생의 딸인 10대가 침수된 물에 갇혀 있다가 7시간 만에 구출된 사건이 발생했습니다.

이 사건에서 안타깝게도 세 사람 중 언니는 숨지고 동생과 동생의 딸인 초등학교 4학년에 다니는 여자아이는 가까스로 구출되었으나 현재 중태로 병원에 입원 중이라고 합니다.

숨진 40대 여성은 지적 발달장애를 가진 사람으로 알려져 더 안타까움을 금치 못하고 있습니다.

다행인 것은 40대 여성과 그의 딸도 기절한 상태였는데 119 구조대의 신속한 심폐소생술로 생명을 구했으나 언니는 구조가 늦어져 숨진 것으로 알려졌습니다.

40대 여성과 어린 딸이 살아날 수 있었던 것은 기적 같은 일로 당황하지 않고 침수에 침착하게 대응했기 때문에 살아날 수 있었답니다.

구조대가 침수된 물을 양수기로 뿜어내고 집안에 들어갔을 때 언니는 스카프로 양쪽 손이 묶여 있는 채 물에 빠져 있었고, 살아난 40대 여성과 딸은 언니와 똑같이 양쪽 손이 스카프로 묶여 있었는데 주방에다 여러 가지 가재도구를 쌓아 놓고 그 위에 올라가 싱크대 상부 장에 붙어 있는 문짝에 매달린 채 기절해 있었답니다.

죽은 언니의 양쪽 손에 스카프로 묶여 있는 것으로 볼 때 언니도 동생과 조카와 같이 싱크대 상부 장 문짝에 매달려 있었는데 상부 장의 문짝이 언니의 몸무게를 이기지 못하고 떨어져 침수된 물에 빠져 숨진 것으로 알려졌습니다.

원래 이 가정은 나이가 많으신 어머니와 같이 여자만 네 사람이 살고 있었는데 마침 어머니는 1주일 전에 무릎 관절병으로 병원에 입원하여 있었기 때문에 이번 참사에서 벗어날 수 있었다고 합니다.' 라고 흘러나왔다.

그러면서 '이번 폭우는 80년 만의 폭우로 경기도 일대가 물바다가 되었으며 이곳이 이렇게 물바다가 된 것은 하천으로 연결된 맨홀에서 뚜껑이 열리면서 물이 하천으로 흘러가지 않고 맨홀로 쏟아져 나와 도로와 빌라를 덮쳐 나타난 사건으로 알려졌습니다.

처음에는 119 구조대가 구조요청 신고를 받고 신속히 출동했는데 도로가 침수되어 현장까지 접근할 수 없어 일단 철수했다가 침수된 물이 어느 정도 빠진 후 출동했으나, 출동하는 데 시간이 너무 오래 걸려 이런 참변을 당하게 되었답니다.' 라고 흘러나왔다.

'이번 폭우의 피해는 그뿐만 아니라 서초동에서도 반지하에 살고 있던 노인이 1명 사망했고, 흑석동에선 폭우 피해 현장을 정리하던 구청 소속 60대 남성이 폭우로 쓰러진 나뭇가지와 전선을 정리하다 감전되어 숨지는 사고도 발생했습니다.

이뿐만이 아니라 이번 비 피해로 도로가 침수되어 자동차가 700여 대가 넘게 물에 잠기는 침수 피해를 보았답니다.'
라는 아나운서의 말과 함께 영상으로 도로가 침수되어 자동차가 물속에 잠겨있는 모습과 도로에 걸어가는 사람들의 허리까지 물이 차 있는 모습을 보여 줬다.
그리고 앞으로도 비가 중부지방에 300㎜를 더 뿌릴 것이라며 주민들은 비 피해가 없도록 각별한 주의를 하라고 방송하였다.

방송을 보고 나니 내가 물속에서 겪었던 상황을 이해할 수 있을 것 같았다.
119 구조대가 오지 않는다고 얼마나 원망했으며 애를 태웠는가?
그리고 영상에는 도로에 주차된 차들이 문짝까지 침수된 모습과 도로를 걸어가는 사람들의 허리까지 물이 차오른 모습이 보였다.

그러더니 흙탕물 속에 잠겨 있었던 처참한 우리 집 모습을 보여 줬으며 우리가 사는 빌라의 주차장에 주차되어 있는 차들이 물속에 잠겨 있었던 모습도 보여줬다.

그 모습을 보고 있던 나는 나도 모르게 몸서리쳐지면서 그 순간에 있었던 일들이 하나씩 머릿속을 지나갔다.

# 2. 내가 사는 집

땅속으로 들어간 반지하주택의 모습

반지하주택은 사람이 사는 집이 반은 땅속으로 들어가 있는 집을 말한다. 그러다 보니 통풍이 잘 안되어 집에 습기가 많이 차며 거의 햇빛이 차단되어 있다. 어찌 보면 서민들의 애환이 담겨 있는 집이라고 볼 수 있겠다.

3일 전부터 오던 비는 오늘도 아침부터 구질구질하게 내렸다. 여름 장마철도 아니고 8월이면 가을의 문턱인데 왜 이리 날씨가 구질구질한 것인지 알 수가 없다.

　아침부터 몸도 뻐근하니 기분이 별로 좋지 않았다. 아마 어머니가 병원에 입원하고 계셔서 그런 모양이라며 마음을 달래며 출근했다.

　어머니는 나이가 들면서 아프다고 하시던 무릎의 신경성 관절병이 다시 돋았나 이달 들어 너무나 고통스러워했다. 쩔뚝거리며 제대로 걷지도 못하면서 한 푼이라도 벌어보겠다고 시장통에 나가 좌판 장사를 하는 어머니가 안쓰러워 큰마음 먹고 그동안 푼푼이 모아온 돈으로 일주일 전에 수술해 드리려고 집에서 가까우면서 진료비가 저렴한 시립병원에 입원시켰다.

　병원에 입원하여 수술받은 지가 6일이 다 되었는데 수술받은 첫날만 언니와 우리 모녀 두 사람이 모두 병실에서 밤을 지새웠으나 그다음은 나는 직장 때문에 더 이상 병원에 있을 수가 없었다.

　그렇다고 장애인이라 직업재활센터에 다니는 지적 발달 장애인인 언니나 이제 초등학교 4학년인 어린 딸에게 병간호를 부탁할 수도 없어, 없는 살림이지만 3일간만 간병인을 사용하고 그 후로는 어머니 혼자 간호해 주는 사람도 없이 입원하고 계신 지가 이틀이 지나가고 있었다.

　내일은 마침 내가 근무하는 보험회사가 휴일이라 맛있는 음식이라도 조금 장만하여 언니와 딸과 같이 온 식구가 병문안을 가서 병원의 공원이나 아니면 휴게소에서 놀다 와야겠다고 단단히 마음먹고 있는데 아침부터 날씨가 얄밉도록 구질구질했다.

　회사에서 일을 마치고 돌아오면서 시장에 있는 식료품점에 들러 어머니가 좋아하는 전복죽이나 쑤어 드리려고 전복 한 봉지와 김밥 재료를 사고 오늘 저녁 찬거리로 언니와 딸이 좋아하는 오징어볶음을 해주자고 물오징어를 몇 마리 사서 가지고 오는데 비가 억수같이 퍼부었다.

언니와 딸은 저녁에 오징어볶음을 해준다니까 무척이나 좋아했다. 나는 옷을 갈아입고 내일 병문안 갈 때 가져갈 전복죽을 끓이기 위하여 인터넷을 검색해 본 다음 전복을 손질하는데 생각보다 쉽지 않았다.

평소 생선을 손질해 본 경험이 별로 없다 보니 싱싱하면서 딱딱한 전복을 손질하기 위하여 껍질에서 전복살을 떼 내는데 전복이 싱싱해서 그런지 생각같이 전복이 껍질에서 잘 떨어지지 않아 그만 왼손 엄지손가락을 베고 말았다.

내가 주방에서

"아야~"

하고 비명을 지르자 선미는 깜짝 놀라 쫓아와 손가락에서 피가 나는 것을 보고

"엄마 피~"

하면서 약상자를 찾으러 가고 언니는 눈이 휘둥그레진 채 내 손을 가르치며

"어 피가 나네, 피~ 피~"

하면서 호들갑을 떨었다.

나는 선미가 가져다준 약상자에서 밴드로 상처 부위를 감싸면서 생각하니 어쩐지 기분이 찜찜하다는 생각이 들었으나 고개를 흔들며 '조심해야지' 하면서 다시 전복을 손질하기 시작하였다.

창문이라야 높이가 60cm 정도 되며 방범창이 설치된 문 밖에는 장대같이 퍼붓는 비에 희미한 불빛마저도 가려져 어두워 컴컴해 보였으며 간혹가다 비가 뿌리는지 아니면 바닥에 물이 튀어오르는 것인지 거실 창문에 물방울 부딪히는 소리가 요란한데 내 귀에는 관심이 없어서 그런지 아니면 면역이 생겨서 그런지 무관심이었다.

이렇게 저녁 준비를 열심히 하고 있는데 시간이 얼마나 흘렀나 선미가 제방에서 나오더니

"엄마 나 숙제 다 했는데 이모와 같이 텔레비전 보면 안 될까?" 했다.

"벌써 숙제가 끝났어? 엄마도 얼른 저녁상을 차려 줄 테니까 그럼 이모가 좋아하는 예능프로를 같이 봐."

라고 대답했다.

언니는 태어날 때부터 다운증후군[1]이라는 불치의 병을 가지고 태어난 지적 발달장애인이었다.

다운증후군을 가진 사람들의 공통적인 특징이 노래를 좋아한다고 하는데 그래서 그런지 언니도 어려서부터 노래 듣는 것을 좋아했다.

---

1. 염색체 이상으로 생기는 선천적 질환으로 머리, 귀, 손가락 등이 작고 얼굴이 편평하며 눈꼬리가 올라가는 등의 특징이 나타난다. 대개 심장병이나 정신 박약, 내장의 형태 이상 따위를 수반하는 희귀성 질환이다.

더구나 코로나-19²라는 신종 바이러스가 유행하면서 밖에 출입이 제한되어 답답할 때 「TV Chosun」이란 방송에서 '미스터 트로트'와 '미스 트로트'란 예능 프로그램을 신설하여 방영했는데 인기가 대단하였다.

평소 노래를 좋아하던 언니는 이 프로그램에 정신이 쏙 팔려 시간만 나면 듣고 또 듣는 사람이 된 것이다.

그러다 보니 우리 집은 전 가족이 모두 트로트 가족이 되었으며 언니는 노래만 나오면 노랫소리에 맞춰 몸을 흔들면서 춤을 추는 것이 유일한 운동 중의 하나가 된 사람이었다.

거기에다 초등학교 4학년인 선미도 저이 이모와 같이 TV를 보면서 가수들의 흉내를 내며 춤을 추고 노는 것이 저녁 때만 되면 우리 집의 유일한 낙으로 즐거움이요 행복이었다.

언니가 가지고 있는 다운증후군이란 병은 어떻게 된 것인지 난치성 희소병으로 나이를 먹고 교육해도 발전이 없는 늘 아이들과 같은 정신연령으로 살아가고 있는 병이다.

언니가 초등학교를 6년이나 다니고 특수학교도 6년이나 다녔으며 학교를 졸업한 후 다시 장애인 평생교육원을 5년

---

2. 이 신종 바이러스는 2019년 말 처음 인체 감염이 확인됐다는 의미에서 '코로나-19'로 명명되었다. 지금까지 코로나바이러스는 단 여섯 종만이 사람에게 감염되는 것으로 알려져 있었으나 이번에 발생한 바이러스는 지금까지 알려진 코로나바이러스와는 성질이 달라 신종 코로나바이러스로 분류되었다. 코로나바이러스는 사람이나 동물에서 호흡기 질환을 일으키는 바이러스로 감기를 일으키는 원인 바이러스 중 하나이다.

이나 다녔지만, 그녀가 할 수 있는 것은 고작 자기 손으로 밥을 먹고 신변을 처리하는 정도며 다른 것은 주변 사람의 도움을 받지 않으면 안 되는 지능이 아주 낮은 사람이다.

다운증후군도 사람에 따라서 양호한 사람은 말도 곧잘 하고 자기 의사를 뚜렷하게 표현할 줄도 알고 글이나 숫자도 다 알아 간단한 일상적인 생활은 부담 없이 할 수 있다는데 금실이 언니는 지능이 특별히 낮은 것인지 대화가 잘되지 않았으며 말을 하면 자기 생각을 말하는 것이 아니라 상대방 말을 앵무새처럼 따라서 했다.

지금 나이가 40 중반이 되어가는 나이인데도 옷에다 종종 실수도 하는 일이 있었다.

그리고 혼자 밖으로 나가면 현관문의 열쇠 비밀번호를 제대로 누르지 못해 누가 열어주지 않으면 집으로 들어올 수 없는 사람으로 혼자는 절대 살아갈 수 없는 사람이다.

다행인 것은 많은 다운증후군인 사람들이 심장병이나 자폐증과 같은 여러 가지 합병증을 가지고 태어나서 수시로 병원에 들랑거리며 살고 있다는데 금실이 언니는 약간의 자폐 증세는 있으나 특이한 병이 없이 건강한 것만도 우리 가족은 천만다행으로 여기며 살고 있다.

그러다 보니 40이 넘은 나이이지만 지금도 그가 하는 일이란 낮에는 장애인활동지원사의 지원을 받아 아침에 장애인 직업재활센터에 가서 생활하다 저녁때 다시 활동지원사의 도움을 받아 집에 와서 나나 어머니가 집으로 돌아올 때까지 조카인 선미와 같이 놀고 있는 사람이다.

이런 사람이다 보니 그가 집에서 시간을 보내는 것은 어머니만 졸졸 따라다닌다든지 아니면 어머니 일에 사사건건 참견하거나, 또는 노래를 듣는다든지 아니면 인형을 가지고 어린아이같이 소꿉장난하면서 노는 것이 전부인 사람이었다.

그런데 어머니가 병원에서 1주일이 되도록 입원하고 있으니 언니는 죽을 맞인 모양이다. 툭하면 삐지고 아무것도 아닌 것을 두고 선미와 다투며 짜증을 부리기도 했다. 그때마다 선미는 억울하다는 듯 나한테 하소연하는데 난들 무슨 뾰족한 수가 없었다.

내가 선미에게 해줄 수 있는 말은

"선미야 네가 참아, 이모한테 그렇게 대들면 안 되잖아."

하면 선미는

"엄마는 맨날 이모 편만 들어."

하면서 뽀로통한 표정을 지으며 제방으로 들어가 버리는 것이 일쑤다.

오늘은 저녁 반찬으로 오징어볶음을 해준다고 하니 언니나 선미는 기분이 꽤나 좋은 모양이다.

더구나 내일 김밥을 준비해서 어머니 병문안을 간다고 했더니 더 좋아하는지 모르겠다.

나는 정신없이 전복을 깨끗이 손질하여 냉장고에 넣고 전기밥솥에 쌀을 안치고 오징어볶음을 하는데 정신을 팔고 있었다.

TV에서는 어느 방송인지 모르지만 '사랑의 콜센터'라면서 남자 가수와 여자 가수들이 두 편으로 나뉘어 노래 대결을 하는데 주방에서 저녁을 준비하는 나의 귀에도 저절로 흥이 돋았다.

어쩌면 그리도 노래를 잘할까?

어머니도 없이 할아버지 밑에서 자랐다는데 고작 14살 먹은 중학교 2학년짜리가 어른들 못지않게 감정을 잡으며 노래하는데 박자나 음정 어느 것 하나 흠잡을 데가 없이 노래를 잘 불러 듣는 사람이 저절로 흥이나 흥얼흥얼 따라 하게 했다.

언니와 선미는 즐거워하며 가수들의 흉내를 내면서 춤을 추고 있었다. 아마 이런 시간이 꽤나 흘러간 것 같은데 춤을 추고 있던 선미가 갑자기

"엄마 현관에서 물이 들어와"

하면서 호들갑을 떤다. 나는 무슨 물이 들어올까? 생각하면서 눈길도 주지 않고 혹시 퇴근할 때 쓰고 들어온 우산의 물방울이 떨어진 것이 아닌가? 하는 생각을 하면서 프라이

팬에 볶고 있던 오징어볶음을 계속 볶으면서

"걸레 찾아다 닦으면 되지."

하며 예사롭지 않게 대답했다.

"응, 걸레 어디 있어?"

"걸레가 안 보이면 욕실에 있는 수건을 가져다 닦아."

라고 대답하자 선미는 화장실로 동동걸음 친다.


나는 그때까지도 대수롭지 않게 생각하고 있었다.

그런데 금실이 언니가

"물, 물."

하면서 요란을 떨어 현관문 쪽을 바라보니 현관문 안쪽 신발을 벗어 놓는 곳에 물이 가득 차 있었다.


나는 그때야 정신이 번쩍 들어 이게 어찌 된 일인가 생각하며 달려가 보니 현관문 밖에서 무엇이 현관문에 부딪히는 소리가 쿵쿵거리고, 문틈으로 물이 물총으로 쏘는 것 같이 새어 들어오고 있었다.

'이게 웬일일까?'

어안이 벙벙하며 눈이 휘둥그레진 채 서 있는데 문틈으로 들어오는 물의 높이가 순식간에 올라가고 있다는 것을 깨달았다.


처음에는 당황하여 어떻게 할까? 망설이다 일단 밖의 상황을 살펴보자고 현관문을 열려고 하자 현관문은 까닥도 하

지 않았다. 그래서

"선미야 엄마 좀 도와줘."

하면서 선미의 도움을 받으며 밀어 보았지만 역시 문은 까닥도 하지 않았다. 그것을 보고 있던 언니도 다급했는지 같이 와 문을 밀자 현관문이 조금 움직이는 듯하더니 도로 닫쳤다.

순식간에 물의 높이가 현관문의 반도 넘게 차오른 모양이다. 오히려 현관문이 조금 열리는 듯, 할 때 그 틈새로 물이 왕창 쏟아져 들어와 순간에 거실로 물이 올라왔다.

갑자기 정신이 멍해졌다.

우리 집은 반지하주택으로 현관문이 지상에서 계단을 타고 7계단을 내려와야 있다. 현관문을 들어서면 신발장과 신발을 벗어 놓는 작은 공간이 있고 바로 거실과 주방으로 연결되어 있다. 거실로 올라서면 오른쪽으로 계단이 한 칸 있는데 그 계단을 올라서 문을 열면 칸막이가 있고, 칸막이 한쪽은 각종 살림살이를 넣어두는 창고요 또 한쪽은 화장실 겸 세탁실로 간단한 샤워도 할 수 있을 정도로 제법 넓은 공간이 있다.

그런가 하면 주방 겸 거실 앞에는 방이 두 칸 있는데 첫 번째 방은 나와 선미가 생활하고 있었으며 두 번째 방은 엄마와 금실이 언니가 사용하고 있다.

거실은 제법 넓었으며 현관 쪽 벽면에 옷가지를 넣어 두는 3칸짜리 장식장이 놓여 있고 그 위에는 각종 액세서리의 인형과 살림 도구가 놓여 있다. 그리고 장식장 위쪽 벽에 조그마한 벽걸이 텔레비전이 걸려 있다.

텔레비전이 걸려 있는 위쪽 벽에 가족사진의 액자가 3개가 걸려 있는데 가운데는 아버지가 살아 계셨을 때 찍은 어머니와 언니 그리고 나의 어린 시절 모습이 있는 사진이 걸려 있고 오른쪽은 지난봄에 가족 나들이로 한강공원에 놀러 갔을 때 찍은 사진이 걸려 있다. 그리고 왼쪽은 귀여운 모습을 한 선미의 돌 사진이 걸려 있다.

이러다 보니 우리 집은 밖의 빛이 거의 차단된 집이었다. 창밖의 빛은 남쪽 거실 쪽으로 나 있는 내 눈높이 정도 높이에 60cm 정도 되는 창틀이 2개 있고 방 쪽도 역시 같은 높이에 방마다 하나씩 창틀이 박혀 있는 반지하주택이다.

남쪽 창문 밖에는 조그마한 화단이 길게 늘어져 있으며 그곳에는 꽃나무들이 심겨 있어 좁은 공간의 빛마저 가리고 있었으며 창문은 거의 열어 본 적이 없다. 그리고 창문밖에는 두께가 4cm가 넘는 철근으로 방범창이 설치되어 창문을 가리고 있었다.

우리는 가능한 밖에서 거실을 내려다볼 수 없게 아름다운 꽃무늬 천으로 커튼을 만들어 쳐놓아 커튼을 열기 전에는 밖의 빛이 하나도 들어오지 않게 되어 있었다.

북쪽 상황도 마찬가지였다.

각 방이나 창고에 환기창 겸 창문을 하나씩 내 눈높이 정도의 높이에 넓이는 1.5m, 높이 60cm 정도 창틀이 하나씩 설치되어 있으며 그곳도 방범창이 남쪽과 같이 튼튼하게 설치되어 있다.

북쪽 방이 있는 쪽 창밖은 지하 주차장으로 들어가는 4m 정도 넓이의 시멘트 포장이 되어 있는 도로로 비스듬한 경사면으로 되어 있었으며 그 옆은 다른 빌라의 벽이 있다.

우리 집은 빌라에 있는 반지하주택인데 원래 지하 주택이 여섯 채가 있었는데 다섯 채는 개조하여 지하 주차장으로 사용하고 있고 반지하주택은 우리 집 한 채뿐이다.

그러다 보니 방 밖에 있는 벽이 창문과 20cm 정도 공간이 있지만 주차장으로 들랑거리는 입구다 보니 자동차 소리나 불빛을 차단하기 위하여 창문 안쪽에다 틈새가 없이 비닐 테이프로 붙여 놓았으며 이를 다시 커튼으로 가려 언뜻 보기에는 아름다운 커튼이 처진 벽으로만 느껴졌으며 밖의 풍경은 전혀 볼 수 없게 되어 있었다.

우리 집 방범창이 튼튼하게 설치된 이유는 가난한 서민과 빈민들이 사는 마을이라 도난이 심하여 다른 곳보다도 유난히 단단하게 만들어 놓은 것이다.

특히 우리 집은 여자들만 네 사람이 사는 집으로 노인과 장애인 그리고 어린 여자아이가 있어 이 집으로 이사 올 때 집을 고르는데 튼튼한 방범창을 보고 선택했었다.

그러다 보니 환기가 제대로 되지 않아 사람만 집에 들어오면 늘 환풍기를 틀어 놓고 내가 퇴근하고 집에 들어오면 제일 먼저 하는 일이 거실 입구에 놓여 있는 가습기를 비우는 일이 첫 번째 하는 일이다.

오늘도 퇴근하면서 제일 먼저 한 일이 선미한테 가습기를 비워 달라고 부탁한 것이 제일 먼저였다.

더구나 요즘같이 장마철에는 습기가 장난이 아니었다. 이렇게 관리를 철저히 해도 조금만 방심하면 옷에서 꿉꿉한 냄새가 나 보험회사에서 설계사로 일하는 나에게는 치명적일 수가 있다.

어디 그것이 나뿐이겠는가? 아직 초등학교에 다니는 어린 선미에게도 잘못하면 친구들로부터 냄새가 나는 아이라고 따돌림을 당할 수 있고 언니는 언니대로 사람들로부터 지저분하다고 외면당할 수 있는 일이 아닌가.

이런 것을 알고 있는 늙으신 어머니도 특별히 환기에 관심을 쓰고 있다. 그러다 보니 매일 아침 일어나면 출근하기 전에 가족들 옷을 선풍기 바람으로 말린 다음 다리미질을 하는 것이 나의 일과 중 제일 먼저 하는 일이 되었다.

이렇게 말하기는 쉬워 보이지만 지하철을 타고 출퇴근하면서 낮에는 보험회사에서 손님들의 기분을 맞추며 보험설계를 하면서 상품을 판매한다는 것은 결코 쉬운 일이 아니었다. 보험상품을 하나 판매하려면 손님들 각자가 개성과 인품이 달라 그들의 비위가 틀어지지 않게 신경을 쓰면서 보험이 마음에 쏙 들게 설명하려면 보통 눈치와 말솜씨로는 손님을 유혹하기가 쉽지 않았다.

내가 이 직업에 뛰어든 것도 벌써 10년이 넘어가다 보니 이제는 제법 이골이 나 회사에서 제법 인정받는 위치까지 오게 되었다.

그러다 보니 겉으로는 속없이 상냥한 얼굴을 하고 있으나 속은 늘 긴장의 연속으로 집으로 돌아올 때는 거의 기진맥진한 상태로 돌아오기가 일쑤였다.

어머니는 딸이 늦게 집에 들어와서 자고 아침 일찍 일어나 가족들 옷을 챙기는 것이 마음이 아픈 것인지 아침 식사 준비는 물론 옷을 손질하는데 자기 옷과 언니 옷은 자기가 챙기겠다고 하시면서, 나보고 내 옷과 선미 옷만 챙기라고 하는데 딸로서 마음이 편하지 못해 가능하면 내가 하곤 했다.

사실 내가 출근하고 나서 빨래나 청소를 어머니가 해주지 않는다면 이 정도로 깨끗하게 살림을 꾸리고 살 수 없었을 것이다.

우리가 이 집으로 이사 온 지가 근 5년이 가까워지는데 나는 이런 지하에 사는 것이 어린 딸에게 상처를 주는 것 같아

늘 안쓰럽게 생각하고 있었다.

혹시 선미가 친구들로부터 지하에 산다고 놀림이나 받지 않을까? 가슴 조아리고 있었으며 늙은 어머니에게도 미안하였다.

그래서 조금 더 변두리라도 햇볕이 드는 집으로 이사 가야겠다고 생각하며 열심히 돈을 모으고 있었다.

# 3. 물과의 싸움

폭우로 침수된 도로가 주택의 모습

폭우로 인하여 냇가나 강으로 흘러가야 할 물이 흘러가지 못하고 도로와 주택으로 흘러들어 도로와 주택이 침수된 모습으로 반지하주택은 완전히 물에 갇히는 상황이 되었다.

나는 급한 마음에 욕실에서 수건을 꺼내다가 문틈을 막아보았으나 막을 수가 없었다. 그래서 생각한 것이 테이프로 물이 나오는 곳에 붙이면 되지 않을까 생각하고

"선미야 약상자 넣어두는 곳에서 테이프와 가위 좀 가지고 와 봐."

하고 소리치자 선미는 정신없이 테이프와 가위를 찾아왔으나 물이 묻어서 그런지 아니면 문 틈새에서 들어오는 물 수압이 강해서 그런지 문틀에 테이프가 붙지 않았다.

그러는 사이 물은 계속 들어와 거실로 퍼지며 방의 문틀까지 차오르고 있었다.

그러자 선미는 무슨 생각이 났는지 제 방으로 뛰어 들어가더니 책가방을 챙겨서 옷장 위에다 올려놓는다. 그런가 하

면 제 학용품이나 책들이 물에 젖지 않도록 챙기는 모습이 대견스러워 보였다. 그래도 학생이라고 제 책과 학용품을 먼저 챙기는 딸의 모습이 어미로서는 자랑스러웠다.

나와 언니는 현관으로 들어온 물을 퍼내기 위하여 플라스틱 통에 바가지로 퍼 담아 정신없이 싱크대에다 붓는데 아무리 퍼다 부어도 집안의 물은 점점 불어났다.

그래서 물 퍼내는 것을 포기하고 선미와 같이 물에 젖지 않도록 옷가지를 챙겨 옷장이나 냉장고 위와 책상 위 등 조금 높은 곳으로 옮겨 보았으나 점점 불어오는 물을 피하기는 역부족으로 보였다.

언니도 처음에는
"물~, 물이 들어오네."
하면서 물 퍼내는 것을 도와주더니 자기 물건과 어머니 물건이 물에 젖지 않도록 챙기느라 정신이 없었다.

나는 이때까지만 해도 물이 흘러 들어오다 말겠지 하는 생각을 하고 있었다. 그러다 보니 옷가지 등 살림 도구가 물이 젖지 않도록 옷장이나 책상 위로 옮겨 놓았다.

이런 와중에도 텔레비전에서는 노랫소리가 계속 흘러나왔다. 나는 KBS1 방송으로 채널을 돌리자 재난방송이 흘러나오고 있다. 재난방송은 비가 계속 퍼부어 일부 저지대는 침수 피해가 우려되고 있으니 주민들은 비 피해가 나타나지 않도록 대비하라는 방송이었다.

정신이 번쩍 들어 옷가지와 이부자리 등 젖으면 안 되는 것들을 높은 곳으로 옮기다 도대체 밖에 무슨 일이 벌어지고 있는지 궁금하여 주방 옆의 커튼을 들춰보니 밖에 비가 얼마나 퍼붓나 가로등 불빛이 잘 보이지 않았으며 빗물이 창문을 두드리는 소리만 요란하게 들렸으며 역시 이곳도 창틀로 물이 새어 들어오고 있었다.

도대체 어떻게 된 일인가 궁금하여 다시 방으로 들어가 커튼을 걷어 보니 비닐로 처진 창문 밖으로 물이 흘러가는 것이 희미한 불빛으로 보이는데 지하 주차장으로 물이 흘러 들어가는 모양이다.

순간 머릿속에 떠오르는 것이 빗물이 하천으로 흘러가지 못하고 역류하여 현관으로 들어왔구나? 하는 생각과 그러면 화장실이나 하수구 통으로도 물이 들어올 수 있다는 생각이 들어 화장실에 가서 보니 화장실 바닥 배수구 구멍에서 물이 올라오고 있다.

나는 급하게 세수수건으로 막아 보았지만 잘 막히지 않아 대충 막고 그 위에 대야에 물을 가득 받아 수건으로 막은 배수구 구멍 위에 올려놓았다.

미친 사람처럼 이리 갔다 저리 갔다가 하면서 생각해 보니 이렇게 해서는 안 되겠다는 생각이 들어, 어떻게 할까? 망설이는데 갑자기 머릿속에 119 구조대 생각이 떠올랐다. 급하게 119에 전화를 걸었으나 계속 통화 중만 걸리며 조금 있다가 다시 전화하라는 멘트만 흘러나왔다. 머릿속에 우리 집뿐이 아니라 다른 곳에도 이런 일이 벌어지고 있겠구나? 하는 생각이 번쩍 들었다.

선미와 둘이 계속 119에 전화하다 안 되겠다고 생각하고 경찰서인 112에 전화를 걸어도 역시 112도 똑같은 대답만 흘러나왔다.

그러자 머릿속에서 구조대의 요청은 안 되는 모양이라는 생각이 들었다. 그러면 이웃 사람의 도움을 받으면 어떨까? 하는 생각이 떠올라 이웃 사람에게 도움을 요청하려고 생각해 보니 전화번호를 아는 이웃이 하나도 없었다.

내가 이곳에 이사 와서 매일 아침 일찍 직장에 나가 늦게 들어오고 쉬는 날이면 피곤하다는 핑계로 집에서 쉬든지 아니면 선미와 언니를 데리고 쇼핑이나 공원으로 산책이나 나다니다 보니 이사 온 지가 5년이 다 되었지만 가까이 지내는 이웃이 하나도 없었다.

고작 얼굴을 아는 사람도 어디에 사는지도 모르면서 출퇴근 때 만나면 서로 고개만 끄덕이고 다녔으니 자주 만났던 사람도 연락처는 그만두고 어느 집에 살고 있는지도 알지 못했다.

물은 점점 불어와 발목까지 차오르고 있다.

누구에게 구원을 요청할까? 하던 중 머릿속에 떠오른 것이 보험회사에서 같이 일하고 있는 친구 생각이 떠올랐다.

급하게 친구에게 전화를 걸자, 친구는 속도 모르고
"은실아 무슨 일이야?"
하면서 태평하게 전화를 받는다.
"미영아! 나 좀 살려 줘?"
나는 밑도 끝도 없이 살려 달라고 소리부터 쳤다. 그래서 그런지 저쪽에서도 당황스러운 목소리로
"무슨 일 있어?"
하며 소리친다.
"우리 집이 반지하인데 지금 현관으로 물이 들어와서 밖으로 나가려고 하는데 현관문이 까닥도 안 하고 창문으로 나가려고 해도 방범창이 너무 단단하여 뜯을 수가 없어."
하며 당황하는 목소리로 말하자
"119에 전화해 봤어."
"119도 전화를 받지 않고 112도 전화를 받지 않아."
"알았어, 내가 119에 받을 때까지 전화할 테니 우선 그쪽이나 비 피해가 없게 잘해."
하면서 전화를 끊었다.

이대로 물에 빠져 죽는 것이 아닌가 하는 불안이 겹치며 이웃에게 도움을 청하려고 해도 전화번호를 아는 이웃이 하나도 없었다.

어떻게 해야 하나 머리를 굴리는데 혹시 어머니는 이웃 사람들을 알고 있지 않을까? 하는 생각이 떠올랐다. 그래서 나는 빗물에 조금이라도 피해가 들 가게 하려고 몸부림을 치며

"선미야 할머니한테 전화해서 집으로 물이 들어오는데 밖으로 나갈 수 없다고 이웃 사람에게 구해주라고 연락 좀 하라고 해"

하며 소리치자

"엄마, 알았어."

하고 핸드폰을 꺼냈다.

선미가 어머니에게 울면서 제 핸드폰으로

"할머니 집으로 물이 들어오는데 밖으로 나갈 수가 없어." 하자

"아가, 왜 울면서 말을 해 현관문이 왜 안 열려."

한다. 처음에는 이해가 잘되지 않는 모양이었다.

"응, 현관문을 열려고 해도 물이 차서 열리지 않아."

"비가 그렇게 많이 왔어? 이를 어찌하나, 소방서에 연락해 봤어?"

"소방서와 경찰서에 신고해도 전화를 받지 않아."

하면서 처음에는 울음 섞인 목소리로 말을 하더니 나중에는 엉엉 울면서

"할머니 구해주세요. 물이 방에까지 들어오고 있어요." 하자

"아가 울지 말어, 내가 다시 소방서에 연락해 볼게."
"소방서와 경찰서에 전화가 안 돼요."
하자 다급한 목소리로
"어서 전화 끊어라. 내가 이웃에 사는 친구한테라도 연락해 볼게."
하면서 전화를 끊는 모양이다.

이런 상황에서도 금실이 언니는
"물, 물~"
소리치면서 재미있는 표정으로 뛰어다니면서 자기 물건을 젖지 않게 챙긴다고 눈이 휘둥그레진 채 이쪽저쪽으로 뛰어다니느라 정신이 없다. 이런 모습을 보면서 이대로는 안 되겠다는 생각이 들어 거실 쪽 커튼을 뜯어내고 창문 쪽으로 탈출해 봐야겠다는 생각이 들어 커튼을 걷어치우고 창문을 바라보니 이 집은, 전에 살던 집과 달리 방범망이 어린아이들 팔뚝같이 두꺼운 사각으로 된 쇳덩이로 되어 있었다.

흙탕물이 튀어들어 오는데도 창문을 한쪽으로 밀치고 망치를 찾아다 방범창을 두드려 보니 소리만 요란하지 끄떡도 하지 않았다. 오히려 그러는 사이 빗물만 더 흘러 들어왔다.
다시 창문을 닫고 방으로 들어가 커튼과 창문에 처진 비닐을 뜯어내고 살펴봐도 이곳도 거실 쪽과 똑같았다.
그리고 비가 얼마나 오나 주차장으로 들어가는 경사면으로 물이 흘러가는 모습이 가로등 불빛에 시냇물이 흘러가는 것 같이 보였다.

그래서 화장실 쪽으로 가서 살펴봐도 역시 이곳도 방범창이 단단히 되어 있었으며 환풍기 밖에도 방범망이 튼튼하게 설치되어 있다.

화장실에 있는 창문으로 주차장 쪽을 바라보니 주차장에 주차되어 있는 차들이 물에 잠기고 있었다.

그러는 사이 어머니로부터 전화가 왔다.

"은실아 이를 어쩐 다냐! 소방서는 연락이 안 되고 2층에 사는 친구한테 부탁했는데 자기 아들을 내려가 보라고 한다니까 너무 걱정하지 말고 조금 더 기다려 봐."

"알았어! 엄마, 나 정신없으니까 전화 끊을게."

하면서 전화를 끊었다.

잠깐 정신을 가다듬으면서 언니와 선미를 바라보니 모두 옷이 물에 흠뻑 젖어있고 얼마나 뛰어다녔나 얼굴에까지 물이 튀어 배겨 물 범벅이 되어 있었다.

그때 친구로부터 전화가 왔다.

"은실아~ 지금 119에 신고가 되어 곧 출동한다니까 조금만 기다려 봐." 했다.

"응 고마워."

"지금은 어때?"

"물이 종아리 가까이 올라오고 있어."

하면서 전화를 끊었다.

이대로 119만 기다릴 수는 없을 것 같았다.

"언니 우리 창밖에 대고 살려 달라고 소리 지르자."

"선미도 이리 와."

하며 창문 쪽으로 데리고 가

"살려주세요."

"사람 좀 살려주세요."

"사람이 물속에 갇혀 있어요."

라고 반복하여 세 사람이 목청이 터져라 소리를 지르고 또 질러댔다. 그러자 어데서 나타났는지 남자 두 사람이 창밖에 얼씬거렸다.


그들은 고개를 숙이고 창문 안을 들여다보며 방범창을 잡아당겨 보면서 분주하게 왔다 갔다가 하더니

"방범창이 너무 단단해서 끄떡도 하지 않는데... 망치로 부숴 버려야 할 것 같아."

"그럼 내가 망치를 가져올게."

하고 소리치더니 한 사람이 사라졌다. 그러다 사라졌던 사람이 다시 나타나자 망치를 가지고 온 것인지 조금 있다 망치로 방범망 내리치는 소리가 꽝 꽝 몇 번 울리더니 갑자기

"물이 너무 밀려오네."

"어서 피해, 위험해."

하더니 망치 소리가 멈추었다. 그래서 바라보니 그 사람들의 허벅지까지 물이 차올랐으며 계속 불어나나 창문 유리

로 흙탕물이 넘실거리는 모습이 보이면서 창틀 사이로 물총을 쏘는 것 같이 물이 새어 들어왔다.

지금까지 현관문 틈과 하수구에서만 나오던 물이 이제는 창문틀에서도 흘러 들어왔다. 밖에도 물이 밀려와서 그런지 밖에서 움직이던 사람들의 모습은 사라져 버렸다.

아무리 생각해도 알 수가 없다. 혹시 우리 집 옆으로 흐르는 하천의 상류에 있는 저수지가 터진 것인가? 하는 생각이 들었다. 저수지가 터져 하천이 범람하지 않는다면 물이 이렇게 많을 수가 없을 것 같았다.

우리 집 옆으로 흘러가는 도림천은 관악산 계곡에서 내려오는 물인데 내가 가 본 관악산 계곡 쪽에는 물이 고여 있는 커다란 저수지나 호수를 본 기억이 없었다.

호수라고 한다면 서울대학교 옆에 있는 관악산 호수공원이 하나 있기는 한데 그렇게 크지 않았으며 설마 우리나라 최고의 대학이라는 서울대학교 옆에 있는 호수공원이 터질 리가 없을 것 같았다. 혹시 터져다 해도 그물이 우리 집까지 영향을 미칠 정도는 못 될 것 같았다.

방 쪽 밖에서도 지하 주차장으로 흘러가는 물소리가 쿨쿨하고 들려왔다. 분명 무슨 일이 벌어져도 단단히 벌어진 모양이라는 생각이 들었다.

살려달라고 소리를 지르다 창문까지 물이 넘실거리자 기

가 질려 멍한 채 창문만 바라보고 있는데 핸드폰이 울려 받아보니 어머니였다.

"은실아~ 은실아~ 이를 어찌한다느냐, 친구 아들과 아저씨가 창문까지 갔다가 물이 골목에서 쏟아져 들어와 방범창을 뜯어낼 수가 없어, 그냥 올라왔다고 한다. 내가 다시 소방서로 연락할 테니 선미와 언니를 잘 보살펴라."

하면서 당황하는 목소리로 말을 했다.


조금 전 밖에 보였던 두 사람의 남자가 어머니 친구가 보낸 사람인 모양이라며 넋을 놓고 있는데 또 핸드폰이 울려 받아보니 친구 목소리였다.

"은실아 ~ 이를 어쩐다니, 소방서에서 출동했다가 골목에 물이 가득 차 현장까지 차가 접근하지 못하고 되돌아왔다잖아. 물이 빠지는 대로 다시 출동한다니까 조금만 더 참고 기다려."

"알았어, 고마워."

하면서도 구원받기가 쉽지 않은 모양이란 생각이 들자 나도 모르게 한숨이 흘러나왔다.


이렇게 불안에 떨면서 안절부절하고 있는데 갑자기 언니는

"은실아 나 배고파."

하며 밥 타령을 한다. 그러고 보니 아직 저녁 밥을 먹지 못한 상태였다.

맛있게 밥을 먹겠다고 열심히 오징어볶음을 만들다가 이 난리가 나서 밥 먹는 것을 까마득하게 잊은 것이다.

"그래 언니 우리 밥부터 먹자."

아무리 급해도 밥은 먹어야 힘이 있어 오래 버틸 수 있다는 생각이 들었다.

"선미도 배고프지?"

하니 대답은 하지 않고 고개만 까닥거린다.

주방에는 아까 해놓은 밥과 오징어볶음이 아직 따뜻한 채 우리를 기다리고 있었다.

나는 빠른 시간에 먹으려고

"언니 우리 큰 그릇에다 오징어볶음으로 같이 비벼서 먹자." 하자

"그래 비벼서 먹자." 했다.

정신없이 제법 큰 양재기를 찾아 오징어볶음을 붓고 그 위에 밥을 퍼서 뒤적거려 세 사람은 흙탕 물속에 서서 내가 들고 있는 양재기 밥을 정신없이 퍼먹었다.

옛말에 '금강산도 식후경'이라는 말이 있다고 하더니 지금 우리는 '죽을 때 죽더라도 실컷 먹고 죽어야겠다.'라는 식이라고 생각이 들었다.

나도 배가 되게 고팠나 정신없이 퍼먹었다. 하긴 아침 일찍 출근하여 점심이라고는 가벼운 분식으로 때웠으며 날씨

가 구질구질하다 보니 평소보다 만난 손님은 적었지만 온종일 서성거리며 보냈으니 배도 고플 만했다.

처음 그릇을 '마파람에 게 눈 감추듯' 먹어 치우고 다시 남은 밥마저 비벼서 먹었다.

금실이 언니는 밥을 먹고 나자 아무런 걱정이 없는 듯

"은실아, 오징어볶음 맛있게 먹었다. 우리 내일 또 해 먹자."

라며 행복한 표정을 지어 보였다.


정신없이 밥을 먹는 사이 현관문과 창틀에서는 물이 계속 흘러들어 와 이제는 정강이 가까이 차 올라왔다.

머릿속에 물이 전원코드까지 차면은 합선이 되어 물속으로 전기가 흐르지 않을까? 하는 생각이 떠오르자 갑자기 감전되어 죽지 않을까? 하는 생각이 번쩍 들었다. 그래서 언니와 선미를 식탁 의자 위로 올라가라고 하자 처음에는 이유를 몰라 선미가

"엄마 왜 의자로 올라가?" 하며 묻는다.

"응 전기가 물에 다면 합선이 되어 감전될 수 있어서 그래."하자

"감전~?"

하며 의자로 올라갔다.


그러자 언니는

"감전이 뭔데?"

하며 고개를 갸우뚱하며 의아한 표정으로 바라본다. 나는 어이가 없었지만

"언니, 감전은 굉장히 무섭고 아픈 거야, 빨리 올라가야 해. 안 그러면 큰일 나" 하자

"나 올라가는 거 무서운데."

하며 망설인다. 그래서 나는 의자 두 개를 붙여서 불안하지 않도록 하고 올라가도록 했으나 뚱뚱하고 몸이 둔한 언니는 쉽게 의자에 올라가지 못하고 뒤뚱거려 아예 식탁으로 올라가도록 도와줬다.

그러고 보니 감전이 되면은 바로 합선이 되어 전등불이 나갈 것이 아닌가? 하는 생각이 머리를 스치고 지나간다.

"선미야 핸드폰이 물에 젖지 않게 조심해서 가지고 있어, 혹시 불이 나갈 줄 모르니까? 전등불이 나가면 핸드폰에 있는 전등불을 켜고, 있어야 하니까?"

하는데 정말로 전등불이 나가며 갑자기 암흑으로 변했다.

그러자 언니가 당황한 목소리로

"은실아~ 무서워, 얼른 불 켜"

하면서 소리를 지른다.

"언니 불을 켤 수가 없어."

"왜 불을 못 켜. 스위치를 올리면 되잖아"

"안돼, 전기가 나가서 안 되는 거야."

"그럼 내가 킬까?"

하며 내려오려고 한다. 나는 당황하며

"언니, 내려오면 안 돼. 선미야 얼른 핸드폰 전등을 켜 봐."

하자 선미가 핸드폰의 전등을 켜자 핸드폰의 희미한 전등이 유일한 우리 집안의 불빛이 되었다.

무척이나 많은 시간이 지나간 것 같은데 벽에 걸려 있는 시계는 고작 저녁 9시를 지나고 있었다. 그렇게 요란하게 몸부림쳤는데 기껏 30분 남짓 흘러간 것이다. 나는 더 이상 내가 할 수 있는 일이 없다는 것을 깨달았다.

물은 점점 불어나 이제는 의자 위에까지 넘실댄다.

희미한 핸드폰 전등불에 비친 거실은 쓰레기통의 각종 비닐봉지와 옷가지나 종이가 둥둥 떠 있는 모습이 지저분한 항구의 해변에 바닷물을 따라 출렁이는 쓰레기같이 보였다.

# 4. 물속에 갇혀버린 신세

포항 호미곶 조형물

　동해의 거친 파도에 갇혀 버린 사람이 살려 달라고 구원의
손길을 내미는 것 같은 형상인 호미곶 조형물처럼, 폭우로
인해 반지하주택에 침수된 물에 갇혀 있는 우리는 옴짝달
싹도 못 하고 119 구조 대원만 오기를 두 손 모아 기도하며
기다리는 신세가 되었다.

물속에서 피해를 줄여 보려고 얼마나 분주하게 움직였는 지 알 수가 없다. 그러나 도움이 된 것이 하나도 없다는 것을 알았고 지금 내가 할 수 있는 일은 구조대가 빨리 나타나 우리를 구출해 줄 때까지 언니와 딸을 안심시켜 무사하게 보살펴야 한다는 것을 깨달았다.

그러려면 우리가 물을 피할 수 있는 곳이 더 높으면서 미끄러지지 않도록 넓고 안전하게 만들어야 한다는 것을 깨달은 것이다.

그래서 구조대가 올 때까지 불어나는 물을 피하고자 우리가 만든 것은 주방 싱크대 앞에다 식탁을 붙인 다음 그 앞에 언니와 같이 옷장을 가져다 엎어놓고 선미가 쓰는 책상과 내가 사용하는 화장대 등 집에 있는 튼튼한 가구들을 한

자리에 모아 놓고 그 위에다 이불과 옷 보따리를 올려놔 평평하게 균형을 맞추었다. 가능한 조금이라도 안전하면서도 높게 만들었다. 평소 같으면 내 말을 잘 듣지 않는 언니였지만 상황이 상황인지라 내가 시키는 대로 말을 잘 들어 줬다.

이렇게 거실과 방으로 돌아다니는데 물에 떠 있는 바가지나 플라스틱 그릇과 비닐봉지 등 가벼운 물건들이 걸리적거리기도 하였으나 아랑곳하지 않고 운반하여 쌓아 놓고 우리 세 사람은 그 위로 올라가 쭈그리고 앉아 물을 피하면서 구조대가 오기만을 기다리고 있었다.

언니와 선미는 무서운지 아무 말도 하지 않고 공포에 질린 눈으로 몸을 움츠린 채 나만 바라보고 있다. 나는 언니의 손과 선미의 손을 꼭 잡으며 빨리 구조대가 오기를 기다리면서 벽에 걸린 시계를 보니 저녁 9시 30분이 지나가고 있었다.

사람이란 참 신기한 동물인 모양이다. 이제는 내가 더 할 일이 없다는 것을 느끼는 순간 멍해지며 핸드폰의 희미한 불빛을 따라 창문 삼분의 이 가까이 넘실거리는 흙탕물이 꼭 바닷속에 빠져 있는 난파선에 타고 있는 사람 같다는 생각이 들었다.

그러다 갑자기 내가 미쳐 가는지 창밖으로 넘실거리는 흙탕물 모습이 빙하 속에 갇혀버린 타이타닉 배가 떠올랐다. 고등학교 시절 친구와 같이 감명 깊게 보았던 '타이타닉'이란 영화가 떠 오른 것이다.

이 영화는 아카데미상의 총 14개 부문 중 11개 부문에서 수상을 거머쥔 명화 중의 명화로 제작비만 약 2억 달러 이상이 투입되었다고 했다.

그 당시까지 가장 비싸게 만든 영화일뿐더러 흥행에 성공하여 영화 사상 가장 많은 돈을 벌어들이기도 했다는 소문이 나 있었다.

이 영화를 내가 오랫동안 기억하게 된 동기는 뱃머리에서 남자 주인공인 잭과 여자 주인공인 로즈가 두 팔을 벌린 채 키스하는 장면을 잊을 수가 없었다. 아마 감수성이 예민했던 여고생으로 나도 그런 사랑을 해보고 싶다는 부러움에서 깊은 인상을 받았던 모양이다.

그리고 또한 장면은 잭이 목걸이만 목에 건 로즈의 나신을 그리는 장면을 보면서 저런 멋진 남자를 만난다면 나도 로즈와 같은 저런 모습의 포즈를 취할 수 있을 것 같다는 생각이 들었다. 그러면서 로즈는 얼마나 행복했을까? 하는 10대 여자아이들의 허황한 상상의 꿈에서 부러워하지 않았나 하는 생각도 들었다.

내가 이 영화를 관람한 지 20년이란 세월이 흘러갔지만 남자 주인공인 '레오나르도 디카프리오'와 여자 주인공 '케이트 윈슬렛'의 이름을 지금까지 기억하는 것은 그들의 아름다웠던 모습이 내 어린 가슴에 너무 깊은 감흥을 주었기 때문이라는 생각이 들었다.

특히 이 영화가 다른 영화보다 더 오래 기억하는 것은 영화의 아름다운 장면과 나와 같은 가난한 사람은 상상도 할 수 없는 호화로운 유람선 여행을 즐기는 상류층 사람들의 생활에 대한 부러움이 나의 욕망을 자극한 것이 아니었겠냐는 생각이 들기도 했다.

그런가 하면 내가 이 영화를 더 오랫동안 기억하고 있는 것은 또 다른 이유가 하나 더 있었다.

이 영화를 보고 오던 날 영화가 너무 길어 집에 늦게 들어왔다고 어머니로부터 여자아이가 밤늦게 다닌다고 얼마나 단단히 혼났나 그다음부터는 영화도 잘 보지 않았지만, 어지간한 일로는 밤에 돌아다니지 않는 사람으로 변한 계기가 되었다.

깜깜한 어둠에 갇혀 희미한 빛 속에 넋을 두고 있으니 얼마나 적막한지 벽에 걸린 벽시계의 찰칵! 찰칵! 거리는 시곗바늘 돌아가는 소리가 유난히도 크게 귀에 울려왔다.

나는 핸드폰 손전등으로 시계를 비춰보니 시계의 유리판에 '수산협동조합장 기경수'라는 글자가 눈에 띄었다. 정신이 나간 채 멍하니 시계를 쳐다보고 있자니 갑자기 아버지 생각이 스쳐 갔다.

원래 우리 집은 시흥에 있는 조그만 어촌마을에서 살고 있었다.

아버지는 3형제의 막내아들로 시골에서 중학교만 나와 일찍부터 할아버지와 같이 고기잡이배를 탔으며 술은 좋아했고 늘 싱글벙글 웃고 다녀 마을에서 마음씨 좋은 청년이라고 소문이 나 있었단다.

그리고 할아버지는 조그만 어선을 한 척 가지고 있었단다. 그러다 보니 부자는 아니었지만, 시골에서는 가족이 굶주리지 않을 만큼은 살고 있었던 모양이다.

시골에서 먹을 만큼 살고 키도 크면서 인상도 좋고 몸도 튼튼하게 생긴 아버지는 평판이 좋았나 이웃에 사는 사람이 자기네 먼 친척이라며 중매했는데 그렇게 만난 것이 우리 엄마였다.

엄마도 역시 충청도 해안의 어부집 딸로 외모도 예쁘고 야무지게 생겨 맞선을 보고 서로 첫눈에 마음이 들어 곧바로 결혼했다고 했다.

할아버지는 아버지가 결혼하자 마을에 있는 조그만 집을 한 채 장만하여 자기가 지금까지 가지고 있던 고기잡이배와 같이 막내아들에게 주면서 어머니와 단둘이 살도록 살림을 내보냈단다.

그러다 보니 아버지와 어머니는 결혼 초에 단둘이 아주 재미나게 살림을 시작한 모양이다.

이런 우리 집에 우안이 드리워진 것은 내가 태어난 후부터라고 했다.

아버지는 은근히 아들 두기를 원했는데 첫 아이가 다운증후군이란 난치성 장애인인 여자아이가 태어나자 속으로는 실망이 컸던 모양이다.

그러나 그때만 해도 아버지는 별로 내색하지 않고 열심히 고기잡이에 열중했으며 언니의 병을 안쓰러워하며 재미있게 살았단다.

그러다 둘째도 딸인 내가 태어나자 둘째는 아들이겠지 하고 기대했는데 다시 딸을 낳아서 그랬는지 모르지만, 아버지는 외갓집에 대한 불만을 조금씩 터트리기 시작했으며 술 마시는 횟수가 점점 늘어나면서 어머니와 다투는 일도 많아지게 되었단다.

그러다 어느 날부터 소화가 잘 안된다며 식욕이 감퇴 되었나 먹는 것도 시원찮아지더니 체중이 점점 감소하면서 제대로 힘을 쓰지 못해 병원에 가서 진찰받아본 결과 췌장암 4기라고 했단다.

이렇게 췌장암이란 선고를 받은 후 고작 3개월 만에 돌아가셨다는데 그때 내 나이는 12살이고 언니는 15살로 초등학교 5학년에 다니고 있었다.

이런 아버지다 보니 나에게는 특별히 좋은 기억은 없다.

내가 가지고 있는 아버지의 기억은 초등학교 3학년 때 장날이라고 장에 갔다 오시다가 언니는 곰돌이 인형을 사다 주고 나에게는 토끼 인형을 사다 준 기억만 남아 있다.

그때 언니와 내가 인형을 가지고 친구들한테 인형을 사다 준 우리 아버지를 자랑하면서 다닌 기억이 아직 남아 있다. 이런 아버지인데도 어머니는 늘 아버지를 그리워했던 모양이다.

벽에 걸려 있는 시계는 아버지가 수산협동조합의 모범 조합원이라고 하여 받은 상이었다.

이 시계를 어머니는 우리 집 가보처럼 생각하며 귀중하게 챙겨왔다. 하긴 어떻게 보면 귀한 물건인 것만은 확실한 것 같았다. 아버지가 살아계실 때는 저 시계를 보고 바닷물이 들어가고 나갈 시간을 알았을 것이고 어머니도 저 시계를 보면서 언니나 내가 학교 갈 시간에 맞추어 밥을 해 주었을 것 같았다.

그런가 하면 나에게도 얼마나 소중했던 시계인가?

학교에 가고 잠자는 시간을 저 시계에 맞춰 지키지 않았던가? 하면서 생각하니 지금쯤 아버지가 살아 계셨더라면 우리 집은 어떻게 변했을까? 하는 공상에 사로잡혔다.

아버지가 살아계시던 초등학교 시절에는 아버지가 학용품도 사다 주고 예쁜 토끼 인형도 사다 준 기억이 있는데 하는 생각을 하자 어렸을 때 보았던 아버지 모습이 아련히 떠오른다. 가무잡잡하면서 건강한 모습이 눈앞을 스쳐 가는데 그런 건강했던 사람이 왜 그리 갑자기 가셨는지 알 수 없다는 생각이 들었다.

그분의 복이 그것뿐이라 그랬을까? 아니면 어머니의 팔자가 혼자 살라는 팔자라 그랬을까? 그렇지 않으면 내가 복이 없어서 아버지와 같이 살 팔자가 못되어서 그런 것인가? 하는 헛된 공상이 머리를 스쳐 간다.

아버지가 돌아가신 후 시골에서 살다 서울에 이사 와서 보니 대부분 내 또래 아이들은 아버지의 차를 타고 학교에 다니고 있었으며 쉬는 날에는 가족들과 함께 공원에 여행 다니는 모습을 보면서 아버지가 있는 아이들이 얼마나 부러웠던가? 하는 생각을 하다 보니 어이없다는 생각이 들었다.

그러다 선미 얼굴을 물끄러미 바라보고 있자니 다시 내 어렸을 때 추억으로 빠져들었다.

나는 어렸을 때 시흥의 바닷가에서 자랐다. 그때만 해도 아버지의 고향이면서 내가 태어나 자란 고향은 시흥의 바닷가로 갯벌이 어마어마하게 넓은 곳이었다. 그러다 보니 여름만 되면 오후에 친구들과 같이 갯벌에 나가 조개를 캐며 놀던 추억이 가득했다.

어느 날인가는 나도 모르게 친구와 조개를 캐다가 옆집에 사는 미숙이랑 싸움을 한바탕 한 기억이 떠올랐다.

친구들과 여럿이 조개를 캐러 가서 내가 열심히 갯벌에 호미질하는데 옆에서 보고 있던 미숙이가 내가 캔 커다란 키조개를 잽싸게 자기 그릇에다 주워 담았다.

순간 나는 화가 나서
"그건 내가 캔 조개야."
하면서 미숙이의 조개 바구니를 채뜨리자 미숙이가 캔 조개가 갯벌로 쏟아졌다. 그러자 미숙이도
"아냐 그것은 내가 먼저 본 거야."
하면서 주지 않으려고 해서 둘이 머리끄덩이를 잡고 싸운 기억이 떠올랐다. 그까짓 키조개 한 마리가 뭐가 그리 대단하다고 갯벌에다 옷을 다 버려가며 머리채를 잡고 싸웠을까? 하는 생각을 하니 저절로 웃음이 나왔다.

희미한 불빛 속에서 내가 웃은 모습을 언니와 선미가 본 모양이다. 나이는 40 중반이 되어가는 언니는 나를 물끄러미 쳐다보며
"은실아 왜, 웃어? 누가 우릴 구해 주로 온대."
하면서 기대 섞인 눈으로 바라보고 있고 선미도
"엄마 왜 웃어?"
하며 눈을 동글동글하게 뜨고 바라보고 있다. 나는 깜짝 놀라며
"아냐, 아무것도."

라고 대답하면서 나 자신이 생각해도 알 수 없다는 생각이 들었다. 지금 내가 어떤 처지에 놓여 있는지 분간이 가지 않는 모양이라는 생각이 든 것이다.

그런가 하면 한편으로는 그렇다고 뾰족한 수가 있는 것도 아니지 않는가? 하는 생각이 들자 문득 머릿속에 이 어려움을 이겨 나가려면 다른 생각을 하고 있으면 시간이 잘 갈 것 같다는 생각이 들었다.

그래서 언니와 선미에게 제안을 하나 했다.

"언니 무섭고 시간이 안 가지?" 하자

"응, 그래, 무섭고 힘들어." 한다.

"선미는?"

"응, 나도 무섭고 힘들어."라고 대답했다.

"그럼 무섭지 않으면서 시간이 빨리 가는 방법을 써 볼까?"

"엄마, 그런 방법이 있어. 어떤 방법인데?"

그러자 언니도

"은실아 나도 가르쳐 줘."

하며 두 사람은 호기심을 갖는다. 내가 바로 대답하지 않고 뜸을 들이자 언니가 다시

"빨리 가르쳐 줘. 나 힘들어 죽겠어."

하며 뿌루퉁한 표정을 짓는다.

나는 특별한 방법이나 있는 것처럼 뜸을 들이다

"둘 다 내가 하는 말을 잘 듣고 한번 해 봐."

하자 생각이 단순한 언니는 금방 밖으로 나갈 방법이라도 말할 줄 알았나

"그래, 꼭 그렇게 할게, 빨리 말해 봐."

하며 재촉했다.

"사실은 시간이 빨리 가게 하려면 옛날에 있었던 일 중에 재미있고 즐거웠던 일을 생각해 보는 거야."

"재미있고 즐거웠던 일?"

하고 되물어 온다.

"선미도 알아들었어." 하자 선미는

"응 눈을 감고 옛날에 재미있었던 일을 생각해 보라는 거지."

하며 제법 알아듣는 체한다. 그러자 언니는

"눈을 감고?"

하면서 반문하는 것이, 아직도 이해가 잘 가지 않는 모양이다.


나는

"언니 우리 지난번 봄에 관악산으로 벚꽃 놀이 갔었지?"

"그래, 엄마와 선미와 너랑 갔잖아. 그때 거기서 사 먹은 아이스크림이 맛있었는데."

하며 빙긋이 웃는다.

"언니, 어때, 그때를 생각하니까 무섭지 않지?" 하자

"응, 그래, 무섭지 않아."

"그럼, 선미와 같이 눈을 감고 엄마랑 여행 갔었던 일들을 생각해 봐."

하면서 지금 내가 하는 것이 잘하고 있는 것인지 알 수가 없었다.

언니는 눈을 감고 무엇을 생각하는지 빙그레 웃더니

"은실아 나 지금 엄마랑 아버지 산소 갔을 때 생각하고 있다."

"아버지 산소?"

"응, 그래 아버지 산소, 엄마랑 너랑 버스 타고 갔잖아."

언니는 생각이 없는 줄 알았더니 그렇지 않은 모양이다.

우리가 아버지 산소를 찾아간 것은 근 13년이 지난 것 같은데 그걸 기억하고 있었던 모양이다. 어머니는 아버지 산소를 잘 가지 않았다. 두 딸을 데리고 객지에서 살아가는 것이 바빠서 그랬는지? 아니면 산소에 찾아가면 더 그리워져서 빨리 잊기 위해서 그랬는지 산소에 간 기억이 별로 없다.

그러던 어머니가 내가 결혼한다고 하자 좋아서 그랬나 나와 언니를 데리고 아버지 산소를 찾아간 적이 있었다.

그때 아버지 산소에 찾아간 것은 내가 시집을 간다고 아버지에게 인사하러 가는 것이라고 말했다. 지금 생각해 보니 어머니가 죽은 자기 남편한테 당신 딸을 나 혼자 키웠어도 이렇게 예쁘게 성장하여 멋진 남자한테 시집간다고 자랑하기 위해서 간 것이 아닌가? 하는 생각이 들었다.

　우리가 찾아간 아버지 산소는 시흥에 있는 해변 야산에 있었다. 묘지는 관리가 되지 않아 풀 속에 있었다. 풀 속에다 가지고 온 꽃다발을 세워 놓고 절을 하던 나는, 아버지가 너무 불쌍하다는 생각이 들었다.
　만약 아들이 있었다면 묘지가 이렇게 풀밭이 되지 않았을 것 같다는 생각이 들었기 때문이다. 이런 생각을 했었으면서도 딸이라 그런지 아버지와 정이 없어서 그런지 모르지만 결혼 후에 아버지 산소를 한 번도 간 적이 없고, 다녀온 기억도 까마득하게 잊고 있었다.

　그런데 언니는 그 생각을 지금까지 하고 있다는 것이 신기했다. 그때 어머니는 산소 앞에 펼쳐져 있던 공장지대와 그 너머에 있는 갯벌을 넋이 나간 모습으로 바라보시던 모습이 눈에 선했다.
　자기가 신혼 초 젊은 시절에 살던 모습이 사라져서 넋을 놓고 바라본 것인가? 아니면 아버지 생각에서 넋을 놓고 바라본 것인가? 알 수는 없지만 한참 동안 그런 모습을 우리에게 보여 줬다.

　그때 언니가
　"엄마 뭘 봐?" 하자 깜짝 놀라며
　"응, 아냐~"

하시면서 우리를 바라보며 시치미를 떼고

"우리 준비해 온 음식이나 먹자."

하시던 모습이 스쳐 갔다.


산소에서 성묘를 끝낸 어머니는 근방에 친척 집인 큰아
버지 집이 있는데 인사도 가지 않고 새로 개발된 항구 주변
을 우리와 같이 거닐다 포구에 있는 해물탕집에 들어갔다.
그러다 보니 우리가 서울로 이사 와서 큰집을 찾아간 것은
할아버지와 할머니가 돌아가셨다고 해서 간 것 이외는 없는
것 같았다.


해물탕집에서 우리 세 모녀는 처음으로 어리굴젓 비빔밥
을 먹었다. 그때 언니는 얼마나 맛있게 먹었는지 자기 것을
다 먹어 치우고 어머니 것을 뺏어 먹었었다.


나는 갑자기 궁금증이 일었다. 나도 까마득하게 잊어버린
기억을 언니가 하고 있다니 하는 생각에 언니가 산소에 간
것을 기억하는지 아니면 산소에서 내려와 갯벌을 거닐다 어
리굴젓 비빔밥 먹은 기억을 하는지 궁금하여

"언니! 아버지 산소에 갔을 때 어떤 것이 기억나?"

하고 묻자 언니는 서슴없이

"산소 갔다 바닷가에서 비빔밥 먹고 왔잖아. 너는 기억
안 나?"

한다. 역시 그 비빔밥이 맛있었나 보다. 나는 시치미를

떼고

"비빔밥이 그렇게 맛있었어. 나는 기억이 없네." 하자

"어이구 바보. 그것도 기억이 안 나?"

하며 그것을 기억한 자기가 대단하다는 표정이다.


이렇게 언니와 두 사람만 대화하니까 선미가 끼어들었다.

"엄마, 나는 왜 안 데리고 갔어?"

"호, 호, 호, 선미야 그때 너는 아직 태어나지도 않았을 때
야. 내가 결혼하기 전이니까?"

"그랬구나. 나는 나만 모르게 갔다 온 줄 알았지."

하면서 세 사람은 서로 바라보면서 웃었다.


"언니 또 다른 것 생각나는 것 없어?" 하자

"글쎄~"

하는데 선미도 끼어들고 싶은지

"엄마 우리 지난봄에 롯데월드에 갔었잖아?"

"그래, 롯데월드에 갔었지."

"그때는 재미없었어."

"아냐, 재미있게 놀다 왔잖아."

"그러면 왜 그 이야기는 안 해."

"네가 이야기하면 되잖아, 뭐가 재미있었어?" 하자


언니도 생각난 듯

"그래, 롯데월드 재미있어."

한다. 지난 어린이날을 전후하여 아빠가 없는 선미의 마음을 달래주기 위하여 온 가족이 '잠실에 있는 롯데월드 어드벤처'로 가족 나들이를 간 적이 있었다. 그때 아직 선미도 어리고 언니가 무서움을 타 실내만 관광하고 온 적이 있었다.

그때 생각이 났나 선미는
"신드바드의 모험이랑 플룸라이드에서 쥐라기 시대로 여행 간 것들이 재미있었잖아."
그러자 언니가
"그래 나도 생각났다. 나는 그때 자동차를 타고 서로 부딪힌 것이 더 재미있었는데."
"그려, 그때 언니는 선미하고 타고 엄마는 나랑 탔지."
하며 맞장구를 치다 보니 모두 물속에 갇혀 있다는 것은 있었나 얼굴에 미소가 흘렀다.
"언니 내년에 또 갈까?"
"그래 우리 엄마 병원에서 나오면 또 가자." 하자

선미는
"엄마, 친구들은 용인에 있는 에버랜드를 다 다녀왔다는데 우리도 에버랜드 한번 가면 안 돼?" 해서
"그럼 내년에는 에버랜드로 갈까?" 하자 언니가
"에버랜드는 어디야?"
한다. 그러자 선미가

"이모! 에버랜드는 롯데월드보다 더 좋아."

"그래 그럼 에버랜드로 가자. 은실아 우리 에버랜드로 가자."해서

"그래 언니 내년에는 에버랜드로 가자."

하면서 생각해도 이곳에서 잘 나갈 수 있을지 불안했다.

그러나 일단 불안에서 떨고 있는 모습은 벗어난 것 같아 내 마음이 차분해졌다. 이렇게 지난날을 이야기하는 동안 물은 점점 더 차올라 이제는 우리가 앉아 있는 곳까지 거의 올라왔으며 천장 높이 삼분의 일 가까이 차 올라왔다. 그러다 보니 우리는 풀장에서 발을 물에 담그고 걸터앉은 모습을 하고 있는 꼴이 되었다.

그런데도 물은 계속 올라오고 있었으며 밖에 비는 그치지 않고 퍼부어 대는지 희미한 가로등 불빛에 20cm 남짓 물 위로 드러나 있는 창문 밖으로 뿌려대고 있었다.

하늘이 노한 것인가? 아니면 성경에서 나오는 노아의 홍수란 말은 이런 것을 두고 하는 말인가? 하는 별별 생각이 다 들었다.

선미는 아까 이야기하던 롯데월드를 생각하고 있나 모르지만, 조용히 눈을 감고 있다. 이렇게 천진난만한 선미를 바라보고 있자니 나도 모르게 나의 어린 초등학교 다닐 때 생각이 떠올랐다.

내가 다닌 초등학교는 갯벌이 펼쳐져 있는 갯마을로 학생이라야 한 학년이 20명 남짓 되는 어촌마을 학교였다. 이 학교도 우리 마을에서 약 2km 정도 떨어져 있었다.

금실이 언니가 지적 발달장애인이라 제 나이에 학교에 들어갔다 적응하지 못하고 그만두었다 3년 후에 내가 학교에 들어가자 다시 다녀 나는 언니와 같이 같은 학년 같은 반에 다녔다.

금실이 언니는 평소 먹는 것을 통제할 수가 없어 다운증후군이란 특수 질환으로 본래 키도 크지 않았는데 살이 찌어 뚱뚱하니 둥글둥글한 조선 무같이 생겼었다.

그러다 보니 같은 학년은 물론 선배들이나 후배들도 틈만 있으면 언니를 놀리곤 했다. 이렇게 친구들이 언니를 놀리면 나는 창피한 생각이 들어 같이 다니는 것이 싫었으나 언니를 싫어한다고 아버지나 어머니로부터 많이 혼나 꼭 같이 붙어 다녔다.

우리 마을에서 나와 같은 학년에 7명의 학생이 있었다. 남학생이 3명이고 여학생이 언니를 포함해서 4명이었는데 남학생 중에 덕수라는 학생은 어머니가 없었으며 아버지가 할아버지와 같이 나이가 많으신 어른이었다.

그때 마을 사람들은 덕수 아버지의 고향은 북쪽으로 6·25 때 남쪽으로 피난 나와 서울에서 혼자 장사하며 살았는데 어느 날 우연히 길가에서 시골에서 올라온 젊은 여자 비렁뱅이를 만나게 되었다고 했다. 그때 그 비렁뱅이가 하도 불쌍하게 보여 도와줬더니 계속 따라다녀서 이것이 인연이 되어 같이 살게 되었으며, 여기서 태어난 아들이 덕수인데 덕수가 태어날 때 아버지 나이가 70살이 넘었다고들 했다.

그러니까 덕수는 아버지가 70살이 넘어서 낳게 된 늦둥이라고 사람들은 덕수를 칠순 동이라고 불렀다. 덕수 어머니는 아버지와 나이 차이가 많은 젊은 여자였는데 무엇 때문인지 모르지만, 덕수가 어렸을 때 죽었다고 했다.

그러나 한참 뒤에 알은 일이지만 사실은 덕수 아버지가 바람을 피워 젊은 여자와 아들까지 낳게 되자 집에서 본부인과 아들들이 싫어하여 집에서 나와 따로 살림을 차리고 살다 부인이 죽자 어린 아들을 데리고 우리 마을로 왔다는 소문도 있었으나 어느 것이 사실인지는 확실히 알지 못했다.

덕수 아버지가 어린 덕수를 데리고 우리 마을로 이사 와서 조그마한 야산을 하나 장만하여 집을 짓고 농토를 개간하여 농사를 지으면서 살고 있었는데 배움이 많아서 그랬는지 마을 사람들에게서 일어나는 어려운 일을 잘 처리해 줘서 어촌마을인 우리 마을 사람들로부터 존경받으며 살고 있었다.

그래서 그런지 덕수는 엄마가 없었는데도 우리 학교에서 공부를 제일 잘하는 학생으로 선생님들로부터 귀여움을 많이 받는 학생이었다. 이런 덕수와 나는 친구가 되어 언니와 같이 늘 학교를 같이 다니다 보니 남학생이지만 다른 여자친구보다 더 친하게 지내고 있었다.

내가 선미와 같이 어렸던 초등학교 4학년 때 일이다. 그날은 여름 방학을 하던 날로 기억하고 있는데 학교가 일찍 끝나 집으로 돌아오고 있을 때였다. 같은 마을에 사는 우리는 7명이 같이 집으로 오고 있었다.

그때 남학생 둘이 뚱뚱한 금실이 언니가 뒤뚱거리며 오는 모습을 보고

"금실은 펭귄인가 봐."

하면서 뒤뚱거리는 펭귄 흉내를 내며 놀렸다. 언니는 자기를 놀리는 줄도 모르고 빙그레 웃기만 하는데 나는 언니를 놀리는 것이 기분 나빴다. 그래서 나도 그중에 조금 뚱뚱한 아이를 보고

"그럼 너는 돼지냐?" 하면서

"꿀, 꿀, 꿀."

하고 돼지 흉내를 내자 그 애는

"이것이 까불어."

하면서 나를 발로 찼다.

이렇게 해서 우리 둘이 싸움이 벌어지자 언니를 놀려 대던 다른 남학생 한 명이 나랑 싸우는 남학생 편을 들었다. 이것을 보고 있던 덕수가 내 편을 들어줘 우리 네 사람은 서로

뒤엉켜 싸움한 적이 있다. 이때 옆을 지나가던 어른이 안 말렸으면 싸움은 쉽게 끝나지 않았을 것인데 마침 길을 지나던 어른이 싸우는 것을 보고 혼을 내서 그만둔 적이 있다.

이런 사건이 있은 다음부터 나는 나를 도와준 덕수를 더 좋아하게 되었는지 모른다. 그때부터 우리가 언니 때문에 특수학교가 있는 서울로 전학을 올 때까지 나와 언니 그리고 덕수가 늘 붙어 다녔다.

이처럼 덕수 생각이 떠오르자 갑자기 그는 지금 어디에서 무엇을 하고 살까? 하는 궁금증이 일어났다. 뒤에 친구한테 들은 이야기지만 그 아이가 중학교 3학년 때 아버지가 노환으로 돌아가시자 뒤에서 보살펴 줄 사람이 없게 되었단다.

그때 덕수 담임 선생님은 아들이 없는 분이었는데 덕수가 공부도 잘하고 심성이 착하게 보이자 자기네 집으로 데려다가 고등학교에 진학시키려고 한다는 소문이 있었단다.

그런데 그 소문이 마을로 퍼지자 마을 어른들은 담임 선생이란 사람이 덕수 아버지가 가지고 있던 재산에 욕심이 생겨 덕수를 수양아들[3]로 삼으려고 한다며 담임 선생을 의심하는 소문이 돌았단다.

그러자 담임은 착하고 공부를 잘하는 학생이 안쓰러워 자기가 데리고 인문계 고등학교로 진학시키려 했던 생각을 바꾸고, 학생 전원이 기숙사 생활을 하면서 돈이 들어가지 않

---

3. 자신이 낳지 않았으나 데리다가 기른 아들.

고 학교에 다닐 수 있고, 또 졸업과 동시에 군대의 부사관으로 임용될 수 있는 국가에서 운영하는 경상도에 있는 고등학교로 진학하도록 추천했다는 소문이 나 있었다.

그 학교는 공부만 잘하면 국비로 해외 유학길도 열려 있어 가난하면서 공부를 잘하는 시골 학생들에게 인기가 있는 학교라 아무나 들어갈 수 없는 고등학교라고 들었는데 아마 덕수는 심성도 착하고 공부도 잘하던 학생이라 지금쯤 잘 되었을 것이라는 생각이 들었다.

멍하니 이런 생각에 빠져 있는데 갑자기 금실이 언니가
"은실아~ 나 오줌 내려."
그 소리에 정신이 번쩍 들어
"언니 옷에다 그냥 뭐. 물속이라 괜찮아."
하자 별수 없다는 듯
"그래~."
하는데 정말로 소변을 보았는지는 알 수 없었다.

언니가 소변을 보고 싶다는 말에 갑자기 머릿속에 혹시 저체온증[4] 증상이 아닌가 하는 의문이 들었다.
고등학교 때 교련 시간에 물속에 오래 머무르면 저체온

---

4. 저체온증은 신체가 추위에 노출되는 등의 환경적 요인이나 외상, 갑상선 기능 저하증과 같은 질환 등의 이유로 방어 기전이 억제되면서 정상 체온을 유지하지 못하고 체온이 35℃ 이하로 떨어진 경우를 의미합니다.

증에 걸릴 수 있다고 배운 기억이 살아난 것이다. 나는 언니 손을 잡으면서

"언니 혹시 춥지 않아?" 하고 물었더니 언니는

"아니, 춥지 않아." 한다.

혹시 선미도 걱정이 되어

"선미도 춥지 않아~" 하고 묻자

"아니 춥지는 않은데." 해서 안심이 되었다.

내가 잡아본 그들의 손에서 차거운 증세는 느껴지지 않았다.


8월의 여름비라 그런지 빗물이 차지 않은 것이 천만다행이었다. 나는 이들이 저체온증에 걸리지 않도록 운동을 시켜 몸에 열이 나도록 해야겠다고 생각했다.


그래서 선미에게

"선미야 지금부터 엄마와 같이 물속에 뛰는 거야." 했더니

"왜 물속에서 뛰어?"

"물속에 오래 있으면 몸에 체온이 떨어져 병이 들 수가 있어" 하자

선미가

"아~, 저체온증에 걸린다는 거지?" 하며 아는 체를 한다.

"아니 선미가 어떻게 저체온증을 알아?"

"응, 어제 텔레비전에서 여름에 아이들이 산골짝 물에서

너무 오래 놀면 저체온증에 걸릴 수 있다고 조심하라고 방송에 나왔는데?" 하자

언니가

"저체온증?" 하며 의아한 표정을 짓는다.

그래서 나는 구령을 붙이고 구령 소리에 맞춰 거실 바닥에서 뛰기 시작했다.

"하나~, 둘~, 셋, 넷."

하며 구령에 맞춰서 얼마를 뛰었는지 모른다. 언니는 뚱뚱한 몸으로 뛰는 것인지 모르지만 열심히 몸을 움직이며 숨이 차는지 색색거리며 따라 했다. 이렇게 운동하면서도 지금 내가 잘하고 있는지 알 수가 없었다. 불도 없는 깜깜한 거실의 흙탕물 속에 갇혀 허우적거리다 죽는 것이 아닌가? 하는 불안감이 엄습해 왔다.

이렇게 숨이 차도록 운동하고 있는데도 물은 계속 들어와 이제는 내 배꼽까지 차 있었다. 키가 작은 언니나 선미의 가슴까지 찰 정도로 물이 들어왔다. 이러다 완전히 우리 머리까지 물이 차지 않을까? 하는 생각이 들었다.

숨이 차자 운동하던 것을 멈추고 다시 다시 의자에 걸터앉아 창밖으로 출렁이는 물의 높이를 바라보니 충분히 우리를 물속에 잠기게 할 것 같은데 아직도 우리를 구해준다는 소식은 없었으며 행동도 보이지 않았다.

아무리 생각해도 이러다가는 가만히 앉아서 죽을 수뿐

이 없을 것 같았다. 공포에 질려서 그런 것인지 아니면 발버둥 쳐도 안 된다는 것을 깨달아서 그런 것인지 언니와 선미는 무엇을 생각하고 있는지 우는 소리도 멈추고 조용히 나만 바라보고 있다.

얼마 안 있으면 앉아 있는 우리의 목까지 물이 찰 것 같다. 그러면 일어서서 있어야 하지 않을까? 분명 119에 연락이 되었다니까 도로에 물만 빠지면 곧바로 구조대가 오지 않을까 하는 생각이 들었다.

창밖에 있는 물의 높이는 우리가 있는 공간과 비교해 볼 때 우리가 지금 있는 곳에서 일어서 있다면 머리가 천장에 닿는데 그보다는 높지 않았다. 천장이 창틀의 높이보다 20cm 정도 높았으며 창틀 밖에서 출렁거리는 물은 창틀 윗부분보다 20cm 정도 낮게 보였다.

그렇게 보면 창틀 밖의 물 높이만큼 집안으로 물이 들어온다 해도 우리가 숨 쉴 수 있는 공간이 40cm 정도가 남아 있다는 계산이 나왔다.

그렇다면 서서 버틸 수 있는 방법을 찾아야겠다는 생각이 들었다. 언제 구조대가 나타날지 모르는데 무한정으로 아무런 대책도 없이 물에 갇혀서 있기만 할 수는 없을 것 같다. 이런 생각 저런 생각을 하면서 싱크대 주변을 불빛으로 비춰보니 우리가 앉아 있는 머리 위의 싱크대 상부 장[5]이 눈에 들어왔다.

상부 장의 문에 매달려 있으면 서서 버티는데 힘이 덜 들 것 같고 오랫동안 버틸 수 있을 것 같았다. 그래서 상부 장의 문을 열고 내 힘껏 문을 당겨보니 제법 단단하게 붙어 있는 것 같았다. 이곳에 떨어지지 않고 붙어 있을 방법이 없을까? 생각해 보니 끈으로 양손을 묶은 다음 상부 장의 문을 열고 팔을 걸치면 되겠다는 생각이 들었다.

그래서 양손을 묶을 만한 끈을 생각해 보자 우리 집 어디에 끈이 있는가? 알 수도 없고 집 어딘가에 끈이 있다고 해도 물이 내 가슴까지 차 있는데 쉽게 찾아올 방법도 없을 것 같았다.

이렇게 끈에 대한 생각을 골몰하고 있는데 언뜻 머릿속에 여자들의 블라우스나 치마 같은 것을 찢어서 사용하면 어떨까? 하는 생각을 하다 남자들이 매고 다니는 넥타이가 있었으면 하는 생각이 들었다.

그러나 우리 집은 남자가 없고 여자만 사는 집이 아닌가? 이렇게 넥타이 생각을 하자 갑자기 내가 목에 걸고 다니는 스카프나 신고 다니는 긴 스타킹이 떠올랐다. 스타킹은 부드럽고도 질겨 안성맞춤이겠구나 하는 생각이 난 것이다.

---

5. 싱크대 윗부분에 위치한 장

스타킹을 생각하자 스타킹이 들어 있는 장식장은 지금 우리 발밑에다 엎어 놓고 그 위에다 다른 물건을 올려놓고 그 위에 있으니 물속에 잠겨있는 장식장 미닫이를 열 수가 없다는 생각이 미치자 난감했다.

그럼, 스타킹을 대신할 수 있는 것은 스카프나 얇은 머플러 생각이 떠오른 것이다. 스카프나 머플러는 여자만 사는 우리 집에 많이 있지 않은가? 더군다나 어머니와 언니의 스카프는 몇 년 전 내가 중국 여행을 갔을 때 선물로 사다 준 비단으로 된 것이 있다는 생각이 떠오른 것이다. 비단 스카프는 두껍지도 않고 질겨서 쉽게 끊어지지도 않을 것 같다는 생각이 난 것이다.

그래서 언니에게

"언니, 내가 언니 방에 가서 스카프를 찾아올게 선미랑 움직이지 말고 그대로 있어." 하니까

"스카프로 무엇을 하게?" 하며 묻는다.

"찾아온 다음 알려줄게."

하고 급히 가슴까지 차 있는 더러운 흙탕물을 헤치며 방으로 들어가는데 물속에 잠겨있는 물건들이 몸과 발에 걸렸으며 방문도 물이 차서 쉽게 열리지 않았다.

몸부림치며 방문을 열어 놓고 들어가 잘 열리지도 않는 어머니 옷장을 열어 보니 문짝 안쪽에 스카프가 물에 둥둥 떠 있는 채로 옷장 문짝에 잘 정돈되어 걸려 있었다.

나는 핸드폰 불빛으로 비춰보고 비단으로 된 부드럽고 얇은 것을 세 개 골라서 다시 허우적거리며 나왔다.

핸드폰 전등불로 상부 장의 문을 비추며
"언니 잘 들어. 선미도 잘 듣고"
하면서 설명을 시작했다.
"물이 자꾸 많아지니까 우리가 물에 빠져 죽지 않으려면 일어서서 있어야 하는데 일어서 있으려면 물속이라 미끄러질 수도 있고 또 오래 서 있는 것도 힘이 들 테니까 힘이 덜 들게 내가 머플러로 양쪽 손을 묶어 줄게.
물이 목까지 차 올라오면 일어서서 묶인 양손을 이 상부 장의 문에 걸고서 서 있을 거야." 하자
언니는
"왜 거기다 손을 걸고 서 있어, 그냥 서 있지?" 한다.
"오랫동안 그냥 서 있으려면 힘이 들고 잘못하면 넘어져 물에 빠질 수 있어서 그런 거야."
하자 언니는 고개를 갸우뚱거렸다.

그래서 나는 다시
"여기에 걸고 서 있으면 구조대가 올 때까지 힘이 덜 들고 오랫동안 서 있을 수 있어서 그런 거야." 하면서
"그럼 선미부터 해 줄게." 하면서
나는 선미의 손목을 양쪽으로 묶은 다음 일어나라고 해서 상부 장의 문에 걸치고 서 있는 모습을 보여 주었다. 그랬더

니 그때야 고개를 끄덕이면서

"알았어, 그렇게 할게."

하고 언니가 대답하며 손목을 묶어 달라고 내밀었다.

선미와 같이 언니의 양손도 묶어 일어서서 상부 장의 문에 걸어보도록 한 다음 내 손은 선미의 도움을 받아가면서 묶었다. 그리고 나도 일어서서 묶인 손을 상부 장의 문에 걸어 보니 나는 키가 커서 똑바로 설 수가 없고 조금 구부정하니 서 있어야 했다.

이러고 있는 사이 선미의 핸드폰이 울려 받아보니 어머니였다.

"엄마!" 하자

"아직도 구조대가 안 왔냐?"

"응, 아직 아무런 연락이 없네."

"지금 물이 얼마나 찼어?"

"내 목 가까이 차서 우리는 지금 싱크대와 식탁 위에 올라가서 피하고 있어."

"알았다. 내가 119에 다시 연락해 볼게, 잘 버티고 있어."

하며 전화가 끊긴다.

밖에는 비가 그치는지 창문으로 뿌리는 모습이 사라졌다.

# 5. 살기 위한 몸부림

부산 기장 대변항 멸치 그물 조형물

드넓은 바다에서 마음 놓고 헤엄치며 살던 멸치 떼가 어느 날 갑자기 어부가 쳐놓은 그물에 걸려 아무리 빠져서 나가려고 몸부림쳐도 빠져나갈 수 없는 신세가 된 것처럼 80년 만에 쏟아진 폭우로 침수된 집안에 갇혀버린 우리 가족의 모습이 그물에 갇혀버린 멸치와 똑같은 신세가 된 모양이다.

양쪽 손을 머플러로 묶은 우리는 또다시 무한정으로 집안의 온갖 쓰레기가 둥둥 떠 있는 물속에 갇힌 채 식탁과 싱크대로 만든 거치대 위에 앉아 서로 얼굴만 쳐다보고 있었다.

멍하니 언니의 얼굴을 쳐다보고 있자니 선미가 옆에 있어서 그런지 언니와 나와의 어렸을 때 있었던 일들이 주마등[6] 같이 머릿속을 헤집고 떠 오른다.

언니와 나는 어떤 인연에서 만난 것일까?

---

6. '주마등'은 두 겹으로 된 틀의 안쪽에 갖가지 그림을 붙여 놓고 등을 켠 후 틀을 돌려 그림이 바깥쪽에 비치게 만든 등을 말한다. 이 주마등 이란 말은 사물이 덧없이 빨리 변하는 것을 비유하는 말로도 사용되는데 다시 말하면 죽기 직전의 삶. 인생의 고비 즉, 죽음을 앞둔 직전의 삶을 주마등 같다고 표현하기도 한다. 즉 허무함과 찰나라는 시간이 공존하고 있다는 말이다.

중학교 때 시골에서 신림동으로 이사 와서 얼마 되지 않은 여름 어느 일요일 날 어머니와 나 그리고 언니는 호암산 자락에 있는 호암사로 놀러 간 적이 있었다.

그때 호암사의 오른쪽에 있는 계곡에서 세 모녀가 발을 물에 담그고 앉아 있는데 그때 마침 그곳을 지나가고 있던 스님이 우리를 보더니 말을 걸어왔다.

스님은 나이가 지긋한 여자분인데 남루한 옷차림의 젊은 여자가 아직 어려 보이는 두 딸을 데리고 물장난을 치고 있는 것이 보기가 좋았나 어머니에게 말을 걸었다.

두 손을 합장하고 공손하게 머리를 숙이며
"시주님은 어데서 오셨나요?"
하자 젊은 어머니는 멋쩍었던지 얼른 일어나 같이 합장하고 고개를 숙여 인사하면서
"예, 저희는 이 아래 사는 주민으로 이곳에 이사 온 지가 얼마 되지 않아 지리도 익힐 겸 산책을 나왔습니다." 하자
"아~ 그러시구먼요. 세 사람이 하도 다정하게 이야기하고 있는 모습이 너무나 행복하게 느껴져 나도 모르게 말을 걸어 보았네요." 한다.

그러자 어머니는 자기 옆자리에 넓은 돌을 하나 주워다 놓으면서
"스님도 바쁘지 않으시면 시원한 개울의 그늘에서 쉬었다 가시지요." 하자.

스님은 맑은 미소를 지으며

"그래도 되겠오." 하면서 자리를 잡았다.


이렇게 인연이 되어 알게 된 스님은 언니가 불치의 병을 가지고 있는 장애인이란 것을 알고 희망을 주려는 의미에서 이야기해 주었는지 인간의 고뇌와 인연에 대하여 말씀해 주셨다.

나는 감수성이 예민한 여중 학생이라 그런 것인지 금실이 언니의 장애에 대한 갈등이 많아서 그랬는지 스님의 말씀 중 인간의 인연에 대한 이야기를 오랫동안 기억하고 있었다.


스님은 '인연이란 윤회를 나타내는 말로 불교에서는 인과응보설에 의한 것이라고 하였다. 즉 모든 사물은 '인과의 법칙'에 의해 특정한 시간과 공간 속에서 일어나는 것으로, 불교에서는 삼시 업이라 하여 업을 세 시기로 나누어 순 현업, 순 생업, 순 후업으로 구분하는데 순 현업은 현생에서 죄를 짓고 현생에서 벌을 받는 것이고, 순 생업은 전생에서 죄를 짓고 현생에서 벌을 받거나 현생에서 죄를 짓고 내생에서 복을 받는 것이며, 순 후업은 여러 생에 걸쳐서 벌을 받는 것이라고 설명해 줬다.'


그러면서 성철스님의 인과의 법칙 이야기라며 콩 심은 데 콩 나고 팥 심은 데 팥 나는 것이 우주의 원칙으로 나의 모든 결과는 모두 나의 노력 여하에 따라 결과를 맺는다고 말씀하셨다.

다시 말해 금실이 언니가 장애인으로 태어난 것은 전생에서 죄를 지어 벌을 받는 것인지 아니면 내생에서 복을 받기 위하여 현생에서 장애인이 되었는지 알 수 없으나 걱정하지 말고 자연의 순리대로 살라고 위로해 주었다. 그러면서 이런 딸을 만난 것도 다 어머니의 인과응보에서 온 것이니 거부하지 말고 행복하게 살라고 하였다.

그리고 나에게도 금실이 같은 언니를 만나게 된 것을 기쁘게 생각하며 언니에게 잘해주면 잘해준 만큼 그 복은 꼭 현세에서나 아니면 내세에서 받게 되니 언니를 만나게 된 것을 기쁘게 생각하고 행복하게 살라고 당부했다.

사실 우리가 서울로 이사 오게 된 동기는 모두 언니를 위해서였다.

아버지가 갑자기 병으로 일찍 돌아가시자 막내아들을 자기보다 일찍 보낸 할머니는 아버지가 일찍 돌아가신 것이, 어머니 때문이라는 생각을 하고 있었나 보다. 그러다 보니 자연히 할머니는 어머니와 사이가 좋지 않았나 보다.

언니와 나는 아버지가 돌아가신 그다음 해에 초등학교를 졸업했다. 우리가 초등학교를 졸업하고 중학교로 진학하려 하는데 할머니는 계집애들을 뭐 하러 중학교까지 보내냐며 반대했단다.

그때 어머니와 할머니는 우리 진학 문제로 심하게 다투신 모양이다. 할머니는 저희 아비도 없고 돈도 없으면서 계집애들을 무슨 중학교까지 보내냐며 못 보내게 하자 어머니는 내 자식 내가 벌어서 가르칠 테니 어머니는 상관하지 말라면서 심하게 다투셨단다.

중학교는 집에서 멀리 떨어져 버스를 타고 한참이나 가야 했다. 할머니도 반대하고 학교도 멀리 떨어져서 그랬는지 아니면 나와 같이 중학교에 보내면 장애인인 언니와 함께 학교에 다니는 나에게 부담을 주는 것 같아 미안해서 보내지 않았는지는 알 수 없으나 언니는 중학교에 보내지 않고 나만 중학교를 보내줬다.

그러나 어머니는 언니를 중학교에 보내지 못한 것이 못내 아쉬워하고 있었던 모양이다. 그런 와중에 서울 관악구 신림동 시장통에서 조그만 식당을 운영하며 살고 있던 어머니 동생인 이모가 신림동에 장애인이 다닐 수 있는 특수학교가 새로 생겼다며 이곳으로 이사와 금실이 언니를 학교에 보내면 어떠냐는 제안이 들어 왔단다.

어머니는 언니를 어떡해서라도 학교에 보내고 싶은데 우리 지방에는 보낼만한 특수학교가 없어 고민하고 있을 때 언니가 다닐 수 있는 특수학교가 있다고 하자 무척이나 반가웠던 모양이다.

그래서 할머니가 반대하는데도 딸을 위하여 고향의 살림살이를 정리하고 신림동으로 이사하여 언니는 특수학교로 진학하고 나는 일반 학교로 전학시켰다.

그리고 어머니는 시장통에서 이모네 식당 옆에다 좌판을 펴 놓고 채소 장사를 하면서 살기 시작했다. 어머니가 이렇게 채소 장사를 할 수 있었던 것은 이모네 식당에서 재료로 사용하는 채소를 주문할 때 어머니가 판매할 수 있는 채소도 같이 주문해다 줘서 어렵지 않게 장사를 할 수 있었다.

이모는 어머니보다 3살 어렸다. 외갓집은 충청남도 해변으로 사는 것도 별로였다. 어머니는 3남매의 큰딸로 위에는 고기잡이하는 오빠가 있고 아래로 이모 한 분이 있는데 이모와 어머니는 무척이나 가까웠다.

그러다 보니 이모부도 처형인 어머니를 좋아해서 그랬는지 장애인인 조카와 어린 딸을 데리고 사는 어머니가 안쓰러웠는지 자기 식당에서 사용할 채소를 사러 가서 어머니가 팔 수 있는 채소까지 사서 자기 차로 실어다 주었다.

서울로 이사 와서 처음에는 우리 집 식구들은 이모네 식당에서 저녁밥을 먹고 다녔다. 언니나 나는 학교가 끝나고 나면 이모네 식당으로 가서 간단하게 식사를 한 다음 어머니가 장사를 끝내고 나면 세 사람이 같이 집으로 오곤 했다.

이때 어머니가 이모한테 밥값은 얼마나 쳐서 주었는지는

모르지만 나는 이모네 식당에서 밥을 먹고 다니는 것이 불편했다. 감수성이 예민한 여중 학생으로서 이모부와 이모에게 눈치가 보였으며 이종사촌 남동생이 둘이나 있었는데 그들도 싫었다. 그 사촌 동생들은 시장통에서 자라서 그런지 시골에서 올라 온 우리 자매를 얕잡아보는 눈치가 보였다.

처음 신림동으로 이사한 집은 언니가 다니는 특수학교가 옆에 있는 변두리로 남의 집 문간방 한 칸을 빌려서 살았는데 우리 식구는 거의 잠만 자는 집이 되었다. 그런가 하면 내가 다니는 중학교가 집에서 멀리 떨어져 나는 시내버스를 타고 학교에 다녀야 했다.

어머니도 언니 때문에 서울로 이사는 왔지만 자기 손아래인 동생 신세를 지는 것이 마음에 걸리고 우리가 어린 이종사촌들의 눈치를 보고 있다는 것을 느낀 모양이다.

이런 때 고향에다 두고 온 집이 팔렸다. 본래 아버지 재산이라고는 조그만 집 한 채와 배가 한 척 있었는데 배는 할머니가 자기가 아버지에게 사준 것이라고 팔지 못하게 하고 뺏어다가 큰아들에게 주었다. 그러다 보니 어머니는 그동안 조금 벌어 놓은 돈은 아버지 병원비로 다 써버려 거의 빈손으로 이사를 왔다가 얼마 안 되는 집이지만 팔려 돈이 들어오자 이사를 하게 된 것이다.

우리가 두 번째로 이사한 집은 엄마가 장사하는 시장과

내가 다니는 중학교와 사이에 있는 곳으로 방이 두 칸인 단독주택 행랑채로 이사하게 되었다.

언니가 다니는 학교는 특수학교라 그런지 학교 버스가 있어 언니는 학교 버스를 타고 다녔다.

이곳으로 이사한 다음부터 나는 학교에서 끝나면 이모네 식당으로 가지 않고 집으로 곧장 왔으며 그때부터 저녁밥은 내가 준비했다.

그러나 언니는 혼자 집을 찾아올 수가 없어 어머니는 매일 학교 버스를 기다렸다 언니가 학교에서 오면 다시 장사하는 곳으로 데리고 갔다가 와야 하는 어려움이 있었다. 이런 어려움 속에서도 어머니와 나는 열심히 살아왔다.

우리는 이 집에 이사 와서 언니보다 내가 먼저 고등학교를 졸업하고 화장품회사에 취직하여 직장에 다니게 되었다. 그러다 언니가 고등학교 과정까지 마치자 다시 언니를 위하여 우리는 서울평생교육원이 있는 쪽으로 이사해서 살다가 나는 직장에서 선미 아빠를 만나 결혼하여 처음으로 어머니나 언니로부터 독립하여 살게 된 것이다. 그러고 보면 내가 언니로부터 독립해서 서로 떨어져 산 것은 결혼한 후 이혼할 때까지 7년이었다.

이렇게 떨어져 살 때도 선미가 첫돌이 지나면서부터 어머니와 같이 살았기 때문에 나는 수시로 선미를 보러 언니가 사는 집을 들랑거려야 했다.

어머니는 언니가 평생교육원에서 다닐 수 있는 5년의 기간이 지나자 다시 언니가 취업한 장애인 직업재활센터가 있는 가까운 곳으로 이사했다. 언니가 직업재활센터에서 하는 일은 아주 단순한 일로 손톱깎이를 작은 종이상자에 10개씩 넣는 작업이었으며 월 보수는 30만 원 남짓 받았다. 이처럼 언니가 한 달간 벌어오는 돈이 고작 30만 원이었지만 어머니는 그 돈을 무척이나 크게 느끼고 있었으며 자랑스러워했다.

그러다 내가 이혼하고 선미를 데리고 들어오자 언니의 직업재활센터와 선미의 초등학교 그리고 내가 출·퇴근하기가 쉬운 신림동 지하철역 주변인 이 집으로 5년 전에 이사해서 같이 살고 있다. 그러고 보니 우리 집은 늘 언니를 위하여 이사했으며 시골에서 이곳 신림동으로 이사 와서 살게 된 지도 벌써 28년이란 세월이 흘러갔다.

누가 나에게 '당신 고향이 어디냐?'고 물으면 나는 분명 지금은 커다란 공장지대로 변한 시흥의 갯벌이라고 말하지 않고 지금 생활하고 있는 서울 관악구 신림동이라고 대답할 것 같았다. 그만큼 나에게는 신림동이 정이 들어 있는 곳이다. 이곳에 있는 중학교와 고등학교를 졸업했기 때문에 내 나름대로 곳곳이 정들어 있었다.

지난날의 기억을 생각하면서 언니를 물끄러미 바라보고 있자니 언니와 나는 어떤 인연으로 맺어진 것일까? 하는 생각이 들었다. 그 생각이 들자 갑자기 스님의 말씀이 머릿속에 떠올라 마음속으로 '순생 업'으로 맺어진 인연이었으면 좋겠다? 하는 생각이 들었다. 그러면 언니가 다음 세상에서는 지금과 같이 가난하면서 외롭고 고달프게 살아가는 장애인이란 고통 속에서 벗어나 부잣집에 태어나 건강하고 활발하며 행복한 삶을 살 것이 아닌가? 하는 상상을 해 봤다.

이처럼 언니를 생각하고 있자니 언니와 있었던 지난 일들이 꼬리를 물고 지나갔다. 어린 시절 어린것들이 갯벌에 빠지며 조개를 줍겠다고 돌아다니다 옷과 얼굴에 갯벌의 흙을 범벅으로 묻히고 들어왔다고 어머니에게 호되게 혼나고 수돗가에서 바가지로 물을 퍼서 씻겨주시던 어머니의 기억, 연탄불에다 아버지가 잡아 온 커다란 전어를 꼬챙이에 끼워서 입이 까만 줄도 모르고 호호 불며 구워 먹던 기억, 아버지가 소주를 드시며 잡수시던 개불을 징그럽다고 찡그리며 눈을 감고 받아먹던 것을 생각하니 몸이 으쓱하고 소름이 느껴지면서도 입속에서는 개불[7]의 달콤한 맛이 느껴진다.

그보다도 영원히 잊을 수 없는 것은 서울에 이사 와서 얼마 안 되었을 때다. 그날 언니나 나는 학교에서 이모네 집으로 왔는데 저녁을 먹기 전에 갑자기 언니가 없어졌다. 그날 어머니가 파는 채소가 조금 덜 팔려 이모네 식당 옆에서 팔

---

7. 개불과에 속하는 의충동물. 몸길이는 약 10~30cm로 은근한 단맛과 쫄깃쫄깃한 식감을 가지고 있으며, 식재료로 사용할 때는 회로 먹는다. 효능으로는 숙취 해소와 빈혈 예방에 효과가 있다고 알려졌다.

고 있고 나와 언니는 어머니가 저녁을 먹자고 할 때까지 방에서 기다리고 있었다. 그때 언니가 방에서 나가 나는 화장실을 가는 줄 알고 어데 가냐고 물어보지도 않았다. 언니가 방에서 나간 지 한참이 지났는데도 들어오지 않아 나는 어머니가 장사하는 곳으로 간 모양이라고 생각하며 별로 신경을 쓰지 않고 이종사촌들과 말장난을 치고 있었는데 언니가 없어진 것이다.

장사를 마치고 들어 온 어머니가 저녁을 먹자고 해서 식당에 나가 보니 어머니만 계셨다. 어머니도 방에서 나만 나오자

"언니는 왜 안 나와?" 해서

"언니 방에 없는데." 하자

"언니 어데 갔는데?"

"엄마한테 안 갔어?"

그러자 어머니는 직감으로 언니가 없어진 것을 알아챈 모양이다.

"언니 언제 나가는데?"

하면서 놀라는 눈빛이었다.

그날 어머니와 나는 언니를 찾기 위하여 시장통을 돌고 또 돌며 근 한 시간을 헤매고 다녔다. 어머니는 길에서 장사하는 사람이나 지나가는 사람마다 붙잡고 언니를 물어보는데 정신이 하나도 없어 보였다.

그날 언니는 화장실을 갔다가 어머니 장사하는 곳으로 가다 말고 길거리에서 울긋불긋한 고무풍선을 매달고 엿을 파는 품바 각설이 엿장수가 신기하게 보여서 따라갔는지 아니면 엿을 먹고 싶어서 따라갔는지 모르지만, 엿장수를 따라다니다 길을 잃은 모양이었다.

길을 잃고 헤맨 언니도 고생했지만, 언니를 찾기 위하여 어머니는 지나가는 사람마다 붙잡고 언니의 모습을 설명하면서 물어보던 모습이 어린 내 가슴에 너무 애처롭게 보였나 지금도 그 모습이 눈에 선하게 떠오른다. 그 사건이 일어난 후부터 언니는 어머니의 껌딱지가 되어 떨어지지 않고 붙어 다녔다.

그날 저녁 어머니는 얼마나 애를 태우셨나 저녁 식사도 거르고 넋 놓고 계신 것을 보고 나는 앞으로 어떤 일이 있어도 언니를 꼭 지켜주겠다고 다짐하고 또 다짐했었다. 오늘 내 앞에서 고통받고 있는 선미를 바라보고 있으니 그때 당시 어머니의 마음을 조금이라도 이해할 것 같았다.

그보다 서울로 이사 와서 가난하게 살면서도 봄이 되면 어머니는 언니와 나를 데리고 남산도 올라갔고 경복궁 벚꽃 구경도 시켜주었던 추억들이 한 편의 영화처럼 지나갔다.

그러다 어머니 모습이 떠오른다. 학교라고는 초등학교뿐

이 안 나온 분인데 얼굴도 예뻤으며 그렇다고 누구에게 쉽게 지지 않는 당찬 면도 있었다. 어머니의 친정은 충청남도 태안의 해변 어촌마을에서 살아서 그런지 남편도 없이 지적장애인인 딸과 어린 딸을 데리고 시장에서 좌판을 펴 놓고 채소 장사를 했지만, 그 누구에게 굽신거리며 살지는 않았다. 그리고 딸들의 기를 살려 주겠다고 바쁘면서도 없는 살림에 쉬는 날이면 종종 서울 구경도 시켜주었으며 관악산 계곡 나들이도 수시로 다녔다.

한때는 이런 어머니를 나는 이해하지 못하고 원망도 많이 했다. 내가 시골에서 서울로 이사 와 중학교 다닐 때 일이다. 다른 친구들은 옷도 잘 입고 멋을 부리며 학교도 아버지나 어머니가 자가용 차로 태워다 주고 태우고 가는데 나는 매일 남루한 옷을 입고 터벅터벅 걸어서 다니는 것이 창피하고 자존심이 상해 불만이었다. 그때마다 일찍 돌아가신 아버지가 원망스러웠고 혼자 장사하며 꾀죄죄하게 사는 엄마도 보기 싫었다.

서울로 이사 와서 얼마 안 된 중학교 2학년에 다닐 때 학교를 그만두고 집을 나가려고 한 적이 있었다. 나는 학교도 낯설고 이야기할 친구도 없었다. 그러다 보니 고향의 친구들과 갯벌이 그리워지자 무조건 집에서 나가고 싶은 충동을 느끼고 있었나 보다.

시골의 조그만 학교에 다니다 서울의 큰 학교로 전학을 와서 그런지 쉽게 적응이 되지 않았다. 학교에 가면 반 친구들의 활기찬 모습에 기가 죽어 처음에는 말도 제대로 하지 못하고 친구들 눈치만 보면서 학교에 다녔다. 그런 나를 변하게 만든 것은 불량한 아이들이었다. 그들은 내가 어리숙하게 보였는지 만만하게 본 모양이었다. 그래서 그랬나 토요일 어느 날 학교에서 끝나고 시내버스를 타러 가는데 골목에서 같은 학년에 다니는 학생들로 별로 크지도 않은 세 아이가 나를 불렀다.

"야, 너 일로 와 봐."
해서 눈치를 살피며 갔더니
"너 시골에서 전학해 왔다며, 어데서 왔니?"
해서 기가 죽어 말도 못 하고 바라만 보고 있는데
"너 벙어리니, 왜 대답도 못 해."해서
"왜 그러는데?"
하고 대답하자, 다른 학생 하나가 눈을 부라리며
"이 촌것이, 어디서 말대꾸야."
하면서 눈을 부라렸다. 그 학생 눈동자를 바라본 순간 나도 모르게 화가 났다. 그래서
"네가 뭔데?"
했더니 그 애는 느닷없이 내 볼기를 힘껏 올려붙였다. 순간 볼기짝을 맞은 나는 책가방을 집어던지고 그 아이의 머리채를 잡아당겨 땅바닥에 내동댕이쳤다.

그러자 그 아이는 힘도 없이 땅바닥에 처박혔다. 그것을 보고 있던 두 아이가

"어, 이 시골뜨기가."

하면서 달라붙는데 마침 그때 대학생같이 보이는 청년 두 사람이 저쪽에서 오다가 우리가 싸우는 것을 보고

"어 여학생들이 싸우네." 하면서

"너희들 그만 안 둬"

하면서 소리 지르며 뛰어오자, 그 애들은 신속하게 도망쳤다.

그 사건이 있고 난 뒤 그 애들은 나를 건들지 못했다. 저희 생각은 시골에서 온 내가 만만하게 보인 모양인데 막상 건들어 보니 쉽지 않다는 생각을 한 모양이다.

사실 나는 친구들에게 그리 호락호락 지지는 않았다. 그 것은 초등학교 다닐 때 장애인인 언니와 같이 다니면서 언니를 보호해야 한다는 의무감 같은 것이 있었나 언니를 놀리는 학생이 있으면 종종 싸운 적이 있었다.

이런 일이 일어나고 나서 서울 학생들에 대한 두려움은 없어졌으나 학교에 대한 정은 더 떨어져 집을 벗어났으면 하는 생각을 늘 가지고 있었다. 그래서 그랬는지 집에서 나가면 누구랑 어데 가서 무엇을 하면서 살까? 하는 생각이 늘 머릿속에 맴돌고 있었다. 그때 생각은 무조건 집을 나가면 우

리 집에서 엄마나 언니와 같이 사는 것보다 행복하고 잘 살 것 같은 생각이 들었기 때문이다.

이렇게 가출 문제로 갈등을 느끼고 있는데 여름 어느 날 국어 시간에 조는 학생이 많아서 그랬는지 선생님은 수업을 멈추고 자기가 중학교 2학년 때 있었던 일과 독서 이야기를 해 주신 적이 있었다.

선생님은 집이 가난하여 초등학교와 중학교에 다니면서 학교에 내는 기성회비와 수업료를 제때 내지 못하여 1년이면 몇 번씩 학교에서 쫓겨나곤 했단다. 이런 가난 속에 부모님이 어렵게 학교를 보내 주었는데 그 고마움을 모르고 마을에 사는 나쁜 친구의 꼬임에 빠져 중학교 2학년 때 교과서를 산다고 부모님으로부터 돈을 타다가 책은 한 권도 사지 않고 짜장도 사서 먹고 만화 뽑기도 하면서 다 써버린 적이 있었단다.

그래서 교과서가 한 권도 없이 학교에 다니다 보니 학교 성적이 형편없어 떨어지고 있는데도 부모님은 그런 것을 알지 못하고 학생은 학교에만 가면 다 공부를 잘하는 줄 알고 자기들 일만 열심히 하셨단다.

그러다 여름 방학 하던 날 사범학교[8]에 다니던 이모가 방

8. 개화기 이후부터 1960년대 초까지 설치되었던 초등교원 양성기관

학이라고 우리 집에 놀러 왔다가 사범학교 다닌다는 티를 낸 것인지? 아니면 자기는 공부를 잘한다는 티를 내기 위한 것인지? 모르지만 나를 보자 통지표를 보여달라고 해서 보여 줬는데 그때 미술이란 과목에 '가'가 있자 이모는 어머니를 부르며

"언니 동복이가 '가'가 다 있네."

하고 큰 소리로 일렀다. 그러자 어머니는 지금까지 학교 성적에는 전혀 관심이 없었는데 자기 동생이 '가'가 있다고 하자

"뭐 '가'가 다 있어?"

하면서 그날 이모가 돌아간 후 단단히 화를 내셨단다. 학교라고는 가본 적이 없는 어머니는 공부를 잘해서 사범학교까지 다니는 동생이 어려운 살림 속에서도 열심히 학교를 보내고 있는 자기 아들이 공부를 못한다고 하자 화가 나셨던 모양이다.

선생님이 그때 미술에서 '가'를 맞게 된 것은 2학년에 올라가서 한 학기 동안 한 번도 미술 시간에 미술 준비를 해간 적이 없었단다. 그러니 '가'를 맞는 것은 당연했단다. 그날 선생님은 어머니로부터 단단히 꾸중을 듣고 나서도 자기가 잘못한 것을 깨닫지 못하고 어머니에게 꾸중 들은 것에 대한 반감으로 통지표를 빡빡 찢어버렸단다.

그러고 나서 얼마 안 있다 여름 방학이라 친척 집에 놀러

갔는데 거기서 우연히 같은 학년인 오촌 조카로부터 '집 없는 소년'이란 소설책을 빌려다 읽어 보게 되었단다. 그때 그 책을 읽으면서 내용이 너무 슬퍼서 울면서 몇 번을 읽었는지 모른다고 하셨다. 그 후 선생님은 자기보다 더 어렵고 힘든 사람도 많이 있다는 것을 알았으며, 어렵고 힘든 일을 만나면 포기하는 것이 아니라 어려움을 이겨 나가며 열심히 살고 있다는 것을 깨달았단다. 선생님은 그때부터 공부하기 시작했으며 어려운 가정 속에서도 굽히지 않고 끝까지 공부하여 대학까지 나와 지금 선생님이 된 것이라고 말씀하셨다.

그러면서 너희들도 힘들고 어려워도 꾹 참고 공부하다 보면 언젠가 좋은 날이 꼭 올 거라고 하시면서 책을 많이 읽다 보면 자신도 모르게 내가 무엇을 해야 하는가를 스스로 깨닫게 된다고 말씀하셨다.

나는 그 이야기를 듣고 도대체 그 책에 어떤 내용이 있길래 선생님이 울면서 몇 번씩 읽었을까? 궁금증이 생겼다. 그래서 나도 그 책을 꼭 한번 읽어 보자고 단단히 마음먹고 한 번도 가본 적이 없는 학교 도서실에 찾아가 '집 없는 소년'이란 소설책을 대여하다 읽어 보았다.

책을 빌려온 그날 밤 나는 밤새도록 책을 읽으면서 나도 모르게 눈물이 나 눈물을 흘리며 책을 읽고 있었다. 이것을 본 어머니는 깜짝 놀라며

"은실아 너 왜 책을 보면서 울어?"

하는 소리에 얼른 눈물을 훔치며

"책이 너무 슬퍼." 하자 어머니는

"그렇게 슬픈 책이 있어?"

"책 주인공이 너무 불쌍해." 하자 어머니는

"우리 은실이보다 더 불쌍한 사람이 다 있어?"라고 하셨다.

 

나는 그때 처음으로 우리 어머니가 나를 불쌍하다고 생각하고 있구나, 하는 것을 깨달았다. 그러자 갑자기 나도 모르게 서러움이 솟아올라 어머니 무릎에 얼굴을 파묻고 한참이나 엉엉 울은 적이 있었다. 그러자 어머니는 손으로 내 어깨를 쓰다듬으며

"은실아, 엄마가 정말 미안해. 다른 엄마들같이 잘해주지도 못하면서 어려서부터 언니 보살펴 주라고 혼내기만 하고."

하면서 우시는지 한숨을 내쉰다. 나는 엄마의 그 소리에

"엄마 내가 잘못했어."

"아니 네가 무엇을 잘못했는데?"

"엄마 나 사실 집을 나가려고 했어."

하자 어머니는 놀랐는지 손이 움 짓 하더니

"은실아~ 네가 얼마나 괴로웠으면 그런 생각을 했겠어."

하며 혼내는 것이 아니라 오히려 나를 위로해 줬다.

"엄마 이 책을 읽다 보니 주인공은 나보다 훨씬 더 힘든데도 참고 열심히 살아가는데 나는 엄마도 있고 언니도 있는데~"하며 훌쩍거리자

"우리 은실이가 이제 다 컸네. 은실아, 우리 힘들어도 지금까지 잘 버텨 왔잖아. 이제는 언니도 어려서 보다는 봐주기도 쉽고 조금만 더 참고 살자. 엄마도 더 열심히 일할 게."

하시며 눈물을 흘렸다.

나는 그 후로 이 책을 읽고 또 읽어 세 번이나 읽어 보았다. 그러면서 나도 주인공 '레미'와 같이 열심히 살면 좋은 날이 올 것이라는 생각을 가지게 되었다. 비록 책에서 와 같이 부잣집 부모는 만나지 못할지언정 내가 열심히 노력하면 지금보다는 잘 살 수 있을 것 같다는 생각이 들었다.

그래서 공부도 더 열심히 하기로 다짐했던 기억이 떠오르는데 선미가

"엄마 왜 아직도 소식이 없지?"

하면서 턱에까지 차오른 물을 피하여 일어서 상부 장의 문짝에다 양손을 걸친다. 그러자 지금까지 나만 응시하며 아무 말이 없던 금실이 언니도 선미와 같이 선미가 매달린 상부 장 옆에 있는 상부 장 문짝에다 손을 걸치며

"은실아 한 번 더 전화해 봐."했다.

"언니 이제 핸드폰이 통화가 안 돼."

"왜 핸드폰이 안 돼?"

"핸드폰이 물속에 잠겨 불도 켤 수 없고 전화도 안 돼."
라고 대답하자

"그러면 우리 죽는 거야?"

하며 절망 섞인 소리를 한다. 나는 침착하게

"언니, 지금까지 잘 참았지. 조금만 더 참아 보자. 분명
119에 연락을 했고 밖에 비도 그친 것 같으니까 구조대가 곧
올 거야."라고 위로했다.


나도 일어서서 상부 장의 문짝에다 묶어진 두 손을 걸었
다. 상부 장은 두 짝으로 언니는 몸이 뚱뚱해서 몸무게가 많
이 나갈 것 같아 한쪽 상부 장에 매달리도록 하고 또 한쪽은
선미와 내가 문짝 하나씩을 잡고 서 있었다.

# 6. 이룰 수 없는 사랑

불갑사 상사화

꽃과 꽃잎이 영원히 만날 수 없는 상사화같이 이룰 수 없는
사랑이 우리 부부였나 보다. 그는 젊은 혈기에 나의 미모에
빠졌고, 나는 가난하고 불안정한 가정에서 벗어나고파 그
의 학벌과 좋은 직업에 유혹되어 행복할 수 없는 결혼으로,
결국 헤어질 수뿐이 없는 인연이었다.

우리는 제일 안쪽 창가에 내가 서 있고 그다음은 선미 그리고 금실이 언니가 거실 쪽에 서 있었다. 그러다 보니 선미와 내가 서로 맞바라보고 서 있는 꼴이 된 것이다.

이제는 빛이라고는 물에 가리지 않은 창틀 위쪽 20cm 넓이에서 빗물 방울이 튀겨있는 사이로 희미하게 들어오는 것뿐이다.

눈이란 참 신기하게 생긴 모양이다. 이렇게 약한 빛이지만 계속 어둠 속에 갇혀 있어서 그런지 사물들의 형체를 자세히 보이지는 않았지만 그래도 대충 윤곽만은 알 수 있었다. 헝클어진 머리로 가려진 선미의 모습을 바라보고 있자니 갑자기 원수 같은 선미 아빠 얼굴이 떠오른다.

그 원수를 만나게 된 것은 직장에서 만나게 되었다. 내가 고등학교를 졸업하고 가정 형편이 어려워 대학은 꿈도 꾸지 못하고 어머니를 돕기 위하여 취업했었다. 나는 어머니를 닮아서 그런지 여자로서는 키도 제법 큰 편이었으며 피부도 곱고 얼굴도 예쁘장하게 생긴 데다 몸매도 남에게 처지지 않을 정도는 되었다.

이런 외모 조건 때문인지 졸업할 당시 학교에서 가까운 곳에 있는 '미인 화장품'이란 회사에서 사원을 모집하겠다고 대학에 진학하지 않고 졸업과 동시에 취업할 학생이 있으면 네 사람만 추천해 달라고 학교에 추천 의뢰가 왔다.

그러자 3학년 학년 부장 선생님은 3학년 담임 회의를 했는데 나의 가정 사정을 잘 알고 있던 담임 선생님이 강력히 추천하여 네 명의 학생 중에 나도 한자리 추천을 받을 수 있었다. 학교에서는 네 명의 학생이 추천받았지만, 막상 회사에 가서 보니 네 명의 학생 중에서 서류 심사와 면접을 거친 다음 최종 합격자는 두 사람만 뽑았는데 그중 한자리에 내가 합격한 것이다.

나의 학교생활은 초등학교 때에는 몸이 뚱뚱하고 얼굴 모양이 일반 사람과 조금 다른 외모를 가진 금실이 언니와 늘 같이 학교에 다니다 보니 어린 마음에 창피하다는 열등감 속에 살아온 것 같았으나 학교 성적은 우수한 편에 들었다.

그러다 서울로 이사와 언니는 특수학교에 다니고 나는 일반 학교에 다니게 되면서부터 언니로부터 알게 모르게 받고 있던 심적 부담에서부터 벗어날 수 있어서 그랬는지 학교생활에 재미를 붙이고 있었다.

그리고 나는 시골에서 자라서 그런지 다른 친구들보다 힘이 세고 억척이었던 모양이다. 비록 옷은 남루하게 입고 다녔지만, 체육대회 때 늘 우리 학급 대표 선수로 달리기나 피구 선수를 했으며 누가 억울한 일을 당하면 앞에 나서서 곧잘 해결해 주기도 했다. 그러다 보니 나를 좋아하는 친구도 꽤나 있었다.

이런 나는 어머니가 시장에서 장사하시기 때문에 늘 학교가 끝나는 즉시 집으로 돌아와 언니를 보살펴 주었으며 간단한 청소나 빨래 등 어머니의 일손을 어려서부터 도와주어야 했다.

그러다 앞에서 이야기 한 대로 중학교 2학년 때 가정환경에 갈등을 느껴 가출하려고까지 했으나 '집 없는 소년'이란 책을 읽고 마음을 잡았으며 나도 그 주인공같이 열심히 살아보자고 어린 마음인데도 다짐하면서 어머니를 도우며 학교에 다녔다.

그래서 그런지 가난한 집 학생이었지만 학교 성적이 우등생은 못 되었어도 중상위 정도는 늘 유지하고 있는 착한 학생이었다.

매년 바뀌는 담임 선생님이었지만 이런 나를 선생님들은 모두 착하고 성실한 학생이라고 선행상도 주고 효행상도 추천해 주는 등 예뻐해 주셔서 별 탈 없이 고등학교까지 무난히 졸업하게 된 것이다.

이처럼 학교 성적도 양호하고 외모도 예쁘장하게 생겨서 그랬는지 학교에서 네 사람이 추천받아 회사에 지원했는데 최종 합격자 두 사람 중 내가 한 자리를 차지한 것이다.

나보다 공부를 못했던 고등학교 동창생들이 대부분 대학으로 진학했는데 나는 대학에 원서조차 내 보지 못했지만, 회사의 취업 통지서를 받았을 때 그 기쁨은 하늘이라도 날아갈 듯한 기분이었다.

마음속으로 대학 진학은 내가 손수 돈을 벌어 방송통신대학이나 아니면 야간 대학에 가야겠다는 생각을 가지면서 우선 생활이 어려운 어머니를 도울 수 있다는 것이 가장 기뻤다.

취업 통지서를 받아 오던 날 저녁에 어머니는 통지서를 펼쳐 보면서 눈에 눈물이 고였던 모습은 지금도 내 눈에 선하게 나타났다. 그런 어머니의 모습이 나타나자 흙탕물이 가슴까지 올라와 있는데도 나도 모르게 행복의 미소가 흘러나왔다.

내가 선미 아빠를 만나게 된 곳은 이렇게 들어간 '미인 화
장품' 회사에 다니면서 알게 되었다. 회사에서 내가 맡은 일
은 외모가 깔끔하고 예쁘장해서 그런지 외판원 업무를 맡겼
다. 처음 회사에 들어가 메이크업을 배우고 나서 스스로 메
이크업을 한 내 얼굴을 내가 바라봐도 학교 다닐 때와는 완
전 다른 아름다운 여인으로 변해 있었다.

더구나 어머니의 손 맵시를 닮아서 그런지 같이 입사한
친구들보다 내가 화장하는 솜씨가 뛰어나 손님들로부터 인
기가 좋았다. 그러다 보니 다른 지점 회사원보다 영업실적이
좋아 수입도 제법 많아졌으며 지금까지 우리 가정은 기초생
활수급 대상자라 정부지원금을 받으며 근근이 꾸려가던 우
리 가정도 조금씩 생활의 여유가 나타나기 시작했다.

어머니는 처음에 시장 귀퉁이에 있는 이모네 식당 옆에
서 혼자 좌판을 펴놓고 채소를 팔았으나 세월이 가면서 시
장 사람들을 조금씩 알게 되자 부담스러운 이모네 식당 옆
을 떠나 다른 채소 상과 같이 시장통에서 좌판을 펴 놓고 장
사를 했다.
어머니는 나름대로 열심히 장사했지만, 언니와 나를 돌보
면서 장사를 하다 보니 우리 집은 매월 내는 집세와 내 학비
는 그만두고 생활비가 부족하여 허리띠를 졸라매고 살아왔
는데 이제는 내가 학교를 졸업해서 학비가 들어가지 않는 데
다 오히려 돈을 벌어오니 서울에 와서 처음으로 조금씩 저축

도 하는 가정으로 변해갔다.

　　그동안 찌들었던 어머니의 얼굴이 조금씩 밝아졌으며 자기뿐이 모르는 금실이 언니도 표정이 조금씩 밝아졌다. 거기다 내가 화장품회사에서 메이크업에 종사하다 보니 우리집은 여자들만 사는 집으로 화장품이 풍족했으며 시간이 나는 대로 어머니와 언니의 얼굴에도 화장해 주다 보니 피부도 점점 고와지고 시골티를 조금씩 벗어나는 것같이 보였다.
　　그리고 열심히 저축한 돈으로 집도 조금 나은 곳으로 이사를 했으며 봄이나 가을에 옆에 있는 관악산 계곡에도 자주 나갈 수 있는 형편이 되었다. 이런 때 내가 선미 아빠를 만나게 된 것이다.

　　선미 아빠는 본사에 다니는 직원으로 제법 이름있는 대학을 나와 본사에서 활동이 많은 사람으로 알려졌는데 어느 날 우연히 내가 근무하는 신림동 지점에 출장 나왔었다. 그때 지점장의 소개로 서로 알게 된 사이였는데 그는 한눈에 내 미모에 반해 버린 모양이다. 처음 소개받은 후 얼마 안 있다 데이트 신청이 들어와 몇 차례 만나 데이트했는데 그러는 사이 서로 정이 들게 되었다.

　　그와 나는 주말이면 한강공원에 가서 유람선도 타고 관악산도 등산하면서 사랑을 속삭였다. 그러다 4월 벚꽃이 만발한 어느 날 남산을 구경하고 날이 저물어 가는데 그는 무슨 생각이었는지 야간 덕수궁 풍경이 아름답다며 구경하기를 권하였다. 나도 아직 야간의 덕수궁을 구경한 적이 없어 흔쾌히 승낙했다.

그와 나는 덕수궁 돌담길을 돌아 대한문을 통해 궁궐에 들어간 후 녹음이 파릇파릇 돋아서 나는 숲길을 따라 아름다운 조명이 비치는 경내를 한 바퀴 돈 다음 석조전 앞에 있는 분수대 옆 숲에 있는 벤치에 자리를 잡았다. 벤치에 앉아 아름다운 조명 속에 뿜어내는 분수의 아름다움에 넋을 놓고 있는데 그는 나에게 덕수궁에 대하여 설명해 줬다. 아마 사전에 준비한 것인지는 모르지만 간단간단하면서도 알아듣기 쉽게 설명해 줬다. 그 사람이 이야기해 준 내용을 정리해 보면

"덕수궁은 임진왜란 때 의주로 피난 갔던 선조가 한양으로 돌아와 월산대군 저택과 그 주변 민가를 합하여 '시어소[9]'로 정하여 행궁으로 삼았다. 이후 광해군이 창덕궁으로 거처를 옮기면서 '경운궁'이라고 했다. 그 후 인조반정을 겪으면서 규모가 축소되었고 즉조당과 석어당을 제외한 나머지는 원래 주인에게 돌려주었다.

그러다 고종 때 명성황후시해사건으로 신변의 위협을 느낀 고종이 러시아공사관으로 거처를 옮겼다가 덕수궁으로

---

9. 임금이 궁궐을 떠나 임시로 머무르는 집

환궁하게 되었으며 또한 대한제국이라는 황제국을 선포한
후 황궁으로서의 규모와 격식을 갖추게 되었는데, 그 후 덕
수궁 대화재와 고종이 강제 퇴위 된 후 규모가 축소되고 이
름을 경운궁에서 덕수궁으로 바뀌게 되었다.”

　라고 설명해 줬다. 그러면서 어찌 보면 오늘날 우리나라
이름이 대한민국인데 이 대한민국은 대한제국에서 유래된
것으로 대한민국이 나타난 곳이 바로 이곳이라고 설명을 덧
붙였다.


　나는 그 사람 말이 맞는지 틀리는지는 모르지만, 그저 행
복하기만 했다. 그리고 그가 지적으로 보였으며 멋있어 보였
다. 그때 나는 마음속으로 이 사람과 결혼해서 평생을 같이
하면 여한이 없을 것 같다고 생각하고 있는데 그는 갑자기

　“은실 씨 내가 당신을 평생 모시고 살 수 있는 영광을 주
시기 바랍니다.”
　하고 청혼했다. 나는 너무 뜻밖이라 당황하며
　“예~”
　하고 말을 잇지 못하고 있자 그는
　“은실 씨 어머니와 언니는 우리 두 사람이 평생 모시고
살읍시다.”
　해서 나도 모르게
　“정말요. 지금 청혼하시는 거예요?” 하자
　“예, 정식으로 청혼합니다.” 했다.

"찬호 씨 저 같은 사람과 결혼해도 후회하지 않겠어요?"
나는 속으로는 가슴이 콩닥거리며 너무 행복했으나 입에서
는 다른 말이 나왔다.

"은실 씨 당신이 어때서요? 혹시 언니 때문에 그러시는
모양인데 어머니나 언니는 아무런 걱정을 하지 마세요. 나는
우리 집의 막내라 우리 부모는 형님이 모시니 나는 장모님을
모시고 살려고 합니다." 해서, 나도 모르게

"고마워요. 찬호 씨." 하며 그에게 키스해 줬다.

이렇게 해서 우리는 서로 결혼을 승낙하게 되었는데 그는
나보다 나이가 한 살 더 많았다.

그 후 우리는 양가 부모님들에게 인사하고 결혼하게 되었
는데 어머니는 결혼 후 찬호 씨가 같이 살자고 제안했지만,
완강히 거절하여 따로 살게 된 것이다. 그때 어머니는 언니
로 늘 전전긍긍하며 살아가고 있는 나를 언니로부터 해방 시
켜주고 싶었던 모양인데 나는 그것을 깨닫지 못했다.

내가 이렇게 쉽게 결혼을 승낙한 이유는 그동안 어머니와
장애인인 언니와 같이 여자 세 사람만이 살다 보니 다른 사
람의 정이 그리웠는지도 모른다. 더구나 아버지와 일찍 헤어
져 내 주변에는 남자가 없다 보니 남자의 정이 더 그리웠을
지도 모른다는 생각이 들었다.

그 사람은 고향이 강원도 삼척인데 부모님은 삼척에서 제법 큰 어선을 한 척 가지고 있었으며 네 남매 중 막내로 위에는 형과 누나가 두 사람이나 있었다. 그러다 보니 어려서부터 부모나 형과 누나들로부터 귀여움만 받고 자라서 그런지 하는 행동이 철부지였으며 무엇이든지 자기 고집대로만 하려고 하는 성격의 소유자였는데 나는 사랑에 빠져 그것을 미처 알지 못했다.

　　우리는 서로 첫눈에 반해 버린 것이다. 남편은 나의 미모에 반해 버렸고 나는 남편의 직장과 학력에 반한 모양이다. 감히 나 같은 가정환경에서 어떻게 대학을 나와 제대로 된 직장에 다니는 사람을 만날 수 있을까? 하는 생각에 신중히 생각하지 않고 덜렁 사랑에 빠져버렸는지도 모른다.

　　어머니는 아빠도 없고 고등학교만 나온 내가 이름있는 대학을 나와 좋은 직장에 다니는 사람을 만나자 무척이나 기뻤던 모양이다. 그래서 그랬는지 그가 하자는 대로 앞뒤를 재지 않고 결혼도 서둘러서 시켰으며 결혼하자 바로 우리는 새로운 살림을 차렸다.

　　내가 결혼하여 집을 나가자 어머니와 언니는 다시 옛날로 돌아갔다. 다시 어머니와 언니만 사는 장애인 모녀가정이 된 것이다.

나는 직장생활과 결혼의 행복감에 도취 되어 어머니와 언니의 생활에 대해서는 한동안 생각할 겨를이 없었다. 그리고 어머니도 어려서부터 장애인 언니를 돌보면서 고생하며 살아온 나에게 더는 고통을 주기 싫었는지 자기들의 생활은 전혀 고려하지 않고 나의 결혼생활이 조금이라도 불편하지 않도록 배려하는 데만 신경을 쓰신 모양이다.

그러나 내가 전생에 무슨 죄를 그렇게 많이 지었는지 이런 행복도 오래가지 못하고 바로 파탄이 났다. 연애할 때 삼척에 있는 시댁에 찾아가 시부모에게 인사드리려 간 적이 있었는데 그때 시부모님은 내 미모에 좋은 인상을 받았나 처음에는 반갑게 맞아 주셨다. 그러나 그때 대화를 하는 과정에서 시어머니가

"식구가 몇 사람인가?"라고 물어

"어머니와 언니 그리고 저랑 세 사람이 살고 있습니다." 하자

"아버지가 안 계시고?" 해서

"예, 아버지는 제가 초등학교 5학년 때 갑자기 돌아가셨어요." 하자

"아니, 어쩐 일로?"

"그때 저는 어려서 잘 몰랐는데 어른들 말로는 암이라고 한 것 같아요."

하자 시부모님들의 낯빛이 조금 변한다는 것을 느꼈다.

그때 남편 될 사람이

"어머니 이야기는 다음에 하시지요, 나 지금 은실이와 가 볼 데가 있는데..."

하며 대화를 중단시키고 나를 데리고 삼척 해변에 있는 삼척해상케이블카를 탄 다음 삼척 해변을 산책한 적이 있었다. 이때 어머니가 나를 업신여긴다는 눈치를 느꼈지만, 동해안의 아름다운 삼척 해변에 도취 되어 바로 잊고 말았다.

그러다 결혼식 때 신부 측 하객이 거의 없었다. 거기다 가족이라고 해야 어머니와 장애인인 금실이 언니가 있었으며, 친가에서는 어머니를 못마땅하게 생각해서 그런지 아무도 나타나지 않았다. 다만 외가에서 외삼촌네 가족 내외와 이모네 식구뿐이었다. 그러다 보니 우리 집이 어머니와 장애인 언니 그리고 나 등 여자만 세 사람이 산다는 것을 알게 되자 그 뒤부터 시부모는 물론 시집 식구들 모두 나를 완전히 업신여기는 눈치를 보였다.

어떻게 보면 사람 사는 사회에서 당연한 일인지도 모른다. 시아버지는 비록 큰 어선은 아니었지만, 일반 어부들이 가지고 있는 어선 중에서는 제법 큰 어선을 가지고 있었으며 큰아들 부부는 삼척에서 약국을 경영하는 약사 부부였다. 그리고 손위 시누이는 초등학교 교사로 남편도 고등학교 교사인 부부 교사로 강릉에 살고 있었다. 또 아래 손위 시누이는 삼척 어시장에서 제법 큰 어물 가게를 하는 집 큰 며느리로 시어머니와 같이 장사를 하고 있었다. 그러다 보니 지방의 조그마한 해안 도시에 살고 있지만 먹을 만큼 사는 사람들로 지방에서는 목에다 힘깨나 주고 사는 사람들로 보였다.

내가 결혼하고 첫 번째 명절날인 설날 인사를 갔을 때다. 나는 나름대로 열심히 해보자고 직장에서 서둘러 퇴근하여 첫 시댁 나들이라고 시부모는 물론 시댁 시구들의 선물이라고 나름대로 허리띠를 졸라매면서 준비해 갔는데 내 선물을 본 시어머니는 시큰둥했다.

시어머니가 나에게 보인 태도는 가난한 집에서 큰 사람이라 보는 눈이 없다는 식으로 내가 사다 준 선물들을 풀어보지도 않고 한쪽 귀퉁이다 처박아 버렸다. 그것을 본 나는 시집살이가 쉽지 않겠다는 생각이 들었지만, 한편으로 내가 남편보고 결혼한 것이지 시어머니보고 결혼한 것이 아니라는 생각을 가지며 웃어넘기자고 했다.

그런데 결국 일이 터지고 말았다. 아침 차례상을 차리는데 지금까지 내가 나이를 먹으면서 차례상 차리는 것을 제대로 본 적이 없었다. 어려서 아버지와 같이 명절날 어머니가 새로 사다 준 예쁜 옷과 새 양발을 꺼내 신고 아버지와 어머니 모두 같은 마을에 사는 할아버지네 집에 가서 절을 하고 맛있는 음식을 먹은 기억밖에 없다.

그러다 서울에 이사 와서는 명절이 되면 어머니는 간단하게 떡 한 접시와 사과 배 등 과일 몇 가지를 준비해 오셨다. 그리고 부치기는 꼭 손수 배추 부치기를 서너 장 부치고 막걸리를 한 통 사다 아버지에게 제사를 올리도록 했다. 그때마다 내가 제주가 되어 향에 불을 피우고 어머니가 술을 따라주면 상에다 올려놓고 나와 언니는 절을 하곤 했는데 제대로 맞게 했는지도 모르고 그마저도 몇 년이 흐르자 하지 않았다. 다만 명절이 돌아오면 어머니는 언니와 나를 위하여 맛있는 음식을 만들어 주곤 했다.

그런데 시집을 와서 보니 이 집은 제대로 차례상을 차리는 집이었다. 시부모와 시숙네 내외는 물론 시아버지 형제 되시는 분도 두 분이나 왔다. 그러다 보니 음식 장만하는 것도 요란했다. 손위 동서는 여러 해 일을 치러봐서 그런지 조금도 당황하지 않고 척척 잘하는데 나는 도대체 무엇을 어떻게 해야 하는지 알 수가 없었다. 그러다 보니 주방에서 얼씬거리는 사람이 되어 멀거니 서 있다 손위 동서가 시키는 일만 하는 사람이 된 것이다.

이런 것들이 시어머니 눈에는 하나의 가시로 보인 모양이다. 아침 차례가 끝나고 모두 시부모에게 세배를 드리는데 그만 실수하고 말았다. 나는 나이를 먹으면서 큰 절이란 것을 해본 적이 없었다. 결혼식 때도 폐백을 드리는데 옆에서 시누들 손을 잡고 시키는 대로 하기는 했지만 어떻게 했는지 정신없이 지나갔는데 이제는 그때와는 달랐다. 그러다 보니 시부모에게 큰절하는데 제대로 하지 못하고 절하고 일어서다가 그만 넘어지는 실수를 저지르고 말았다. 나는 무안하여 얼굴이 화근거리는데 옆에서 그것을 본 유치원에 다니는 시조카가 큰소리로 웃으며

"작은엄마는 절도 잘 못 하나 봐." 했다.

여기다 대고 시어머니가

"본디[10]가 있어야 보고 배운 것이 있지?"

하며 혀를 찼다. 그러자 초등학교 2학년에 다니는 시조카가

"할머니 본디가 무어야?"

하자 동서는 내 눈치를 보며

"너는 몰라도 돼."

하며 말을 막았다. 그때 얼마나 무안했는지 쥐구멍이라도 있으면 들어가 숨고 싶은 심정이었다.

그리고 명절 오후에 출가한 시누이들이 자기 아이들과 시부모께 인사하러 와서 하룻밤씩 잠을 자며 놀다 가는데 나는 완전히 그 집의 부엌데기가 된 것이다. 동서는 시부모께 세배를 드리고 나자 점심 식사 때부터는 나 보고 식구들 식사를 챙겨 주라고 하면서 자기네 부부는 아이들을 데리고 친정으로 인사한다며 가버렸다.

---

10. 사물의 맨 처음 바탕

혼자 시부모와 시누이 식구들 치다꺼리를 해 주다 보니 내 인생이 한심스럽다는 생각이 들었다. 혼자 어렵게 키워 시집을 보낸 우리 어머니는 명절이라고 장애인인 언니와 무엇을 해 드셨는지도 모르는데? 하는 생각에 나도 모르게 한숨이 나왔다. 그리고 동서와 시누이들은 다 자기 부모들에게 인사한다고 가고 오고 하는데 나는 어머니를 두고도 가보지 못하고 다른 사람 뒤치다꺼리만 하고 있다는 생각이 들자 속에서 열불이 났다.

그래서 하룻밤만 자고 나도 친정에 가야겠다고 남편을 꼬드겨 시부모에게는 회사에 바쁜 일이 있다고 거짓말하고 집으로 온 적이 있었다. 그때 집에 와서 남편과 한바탕 단단히 했다. 내가 그 집 부엌데기도 아닌데 부엌데기 취급을 한다며 헤퍼 붙었다.

이렇게 되자 시댁에 가는 것이 마음에 부담이 되었다. 그러다 보니 나는 바쁘다는 핑계로 시댁에 가는 일이 점점 줄어들게 되었다. 우리가 시댁에 가는 날은 부모님 생신 때와 명절뿐인데 그것도 어떤 때는 회사 일이 바쁘다는 핑계로 나는 내려가지 않고 남편만 고향을 다녀오도록 하기도 했다.

그러다 우리가 첫 아이로 딸인 선미를 해산하자 시어머니는 나에게 아들 하나 더 낳으라고 권하는데 나는 바쁘다는 핑계로 대답하지 않았다.

그러자 다시 남편에게 손자 보기를 원한 모양인데 남편도 내가 반대하자 대답하지 못하고 내 눈치만 살피고 있는 꼴이 되었다. 사실 시어머니는 큰아들이 딸만 둘을 두고 있어서 자기들 대를 이어줄 손자를 작은아들이라도 낳아 주었으면 한 모양인데 나는 아들에 대한 욕망이 전혀 없었다.

그러다 보니 나는 시댁으로부터 친정도 별 볼 일 없는 사람이 부모의 말도 잘 듣지 않고 고집만 부리는 시건방진 며느리라고 미운털이 박힌 며느리가 된 모양이다.

사실 우리 부부는 두 사람 다 직장 일이 바쁘기도 했다. 그러다 보니 선미는 가난하게 사는 친정어머니가 혼자 도맡아서 키우고 있었다. 이런데도 친할아버지와 할머니는 아이를 돌봐 준다는 말은 하지 않고 아들만 하나 더 낳기를 원하니 나는 나대로 불만이 점점 쌓여갔다. 그러자 남편은 나보고 직장을 그만두고 집에서 아이나 보라고 하는데 나는 그것이 용납되지 않았다.

나는 어려서부터 가난한 홀어머니 밑에서 장애인인 언니와 같이 살아서 그런지 모르지만 나도 모르게 내 또래들보다 자립심이 강했던 모양이다. 그래서 그런지 어떤 일이 있어도 죽을 때까지 내가 스스로 할 수 있는 일자리를 가지고 있어야, 혼자 외롭게 살아가고 있는 어머니와 장애인인 금실이 언니를 보살펴 줄 수 있다는 의무감 같은 생각을 가슴속 깊이 간직하고 살고 있었다.

이렇게 아이 문제로 남편과 갈등이 생기는 과정에서 어머니가 나이가 들어서 그런지 어느 날부터 무릎 관절이 안 좋아 장사도 제대로 하지 못하고 고생하면서 생활이 쪼들리고 있다는 것을 알게 되었다. 그러나 어머니는 나에게 그런 말은 한마디도 하지 않고 참으며 살고 계셨다.

어느 날 저녁때 모처럼 어머니 집 옆을 지나다 마침 시간이 있어 예고도 없이 찾아간 적이 있다. 집에 들어가 보니 어머니는 잠깐 이웃에 가셨다고 보이지 않고 금실이 언니와 선미만 있는데, 금실이 언니와 선미는 나를 보자 무척이나 반갑게 대하며

"어 은실이 왔네." 하고

"엄마, 할머니는 없는데."

하며 선미는 내가 어머니를 만나러 온 줄 알고 어머니가 없다는 말부터 했다.

그 순간 나는 엄마 역할을 제대로 하고 있나 하는 생각이 머리를 스치며 가슴이 뭉클했다. 혹시 내가 우리 선미한테 죄를 짓고 있는 것이 아닌가? 하는 마음의 가책을 느낀 것이다.

누구보다도 부모와 친족의 정을 그리워하며 살아온 내가 아닌가? 그런데 내가 난 내 딸을 내 손으로 직접 키우지 않

고 외롭고 힘들게 사는 어머니한테 맡기고 있는 것이 죄스럽다는 생각이 들었다.

　더구나 어머니와 언니는 장애인 모녀가정으로 기초생활 수급자로 선정되어 국가에서 주는 기초생활 수급자 생계급여와 언니의 장애인 연금으로 근근이 생활하고 있는 사람들인데, 쉽게 말해 최저생계비로 죽지 못해 사는 사람들인데 거기에 시집간 딸이 바쁘다는 핑계로 자기 딸을 맡기고 있는 나 자신이 부끄럽다는 생각이 든 것이다.

　어머니나 언니가 받는 급여나 연금은 집세와 각종 공과금을 내고 나면 생활이 빠듯한 듯하여 우리는 선미를 돌봐 준다는 핑계로 매달 몇 푼씩 어머니에게 용돈으로 드리곤 했는데 그 돈 몇 푼 드리는 것이 큰 효도고 자식으로서 도리를 다한다고 생각하고 있지 않았나 하는 생각이 든 것이다.

　선미 아빠도 처음에는 젊은 혈기로 내 미모에 빠져 사랑을 고백하고 자기 부모가 극구 반대하는데도 결혼까지 했다. 그리고 나와 결혼하기 위해서 사탕발림 소리로 했는지 모르지만, 자기는 큰아들이 아니니까 시부모는 형님이 모시고 자기는 장모님을 모시겠다고 몇 번이나 다짐했는데 살면서 보니 세상은 그렇게 단순한 것이 아니라는 것을 깨닫기 시작한 모양이다.

다른 친구들과 같이 자기 아내가 대학을 나온 여자도 아니고 그렇다고 돈이 많은 부잣집의 딸도 아니다. 어쩌다 처가 집이라고 찾아가면 혼자 사는 장모와 지적 발달장애인인 처형뿐이 없으니 누구랑 재미있는 이야기 한번 나눠 볼 수 있는 사람도 없었을 것이다. 그러다 보니 처가에 정이 있을 리 없을 것 같았다.

아마 이런 것들이 쌓이고 쌓여서 남편은 불만이 커진 모양이다. 처음에는 내 미모에 반해 젊은 혈기로 앞뒤를 가리지 않고 결혼했는데 살아가면서 보니 자기 친구들의 부인이나 처가와 차이가 나도 너무 난다는 것을 깨달았나 나에게 짜증 내는 일이 점점 많아져 갔다. 거기다 부모는 만날 때마다 아들 하나 더 낳으라고 조르는데 나는 아이 낳기를 반대하니 중간에서 스트레스가 더 쌓인 모양이었다.

이런 상황에서 서로 갈등을 느끼고 있는데 회사에서 남편에게 중국으로 파견 근무를 나가지 않겠느냐는 제안이 들어왔다. 나는 남편을 따라 중국으로 가면 직장을 그만두어야 했고 또 무릎 관절이 안 좋아 고생하시는 늙은 어머니가 장애인 언니와 살고 있는데 해외로 나간다는 것이 용납되지 않았다. 그래서 해외에 나가는 것을 반대하자 남편은 이에 불만을 품고 있나 술 마시는 일이 많아지고 지방 출장이라며 전에 없었던 외박도 더러 나타났다. 그러다 보니 없었던 부부싸움이 점점 늘어나 결국 헤어지기로 합의하여 5년 전에 합의 이혼했다. 남편은 이혼하자마자 중국의 해외 지사로 혼자 파견 근무를 자청해서 나갔는데 그 후 소식은 알 수가 없다.

사실 나는 결혼 후 바로 직장을 옮겨갔다. 그 이유는 우리가 같은 회사 직원끼리 결혼하자 회사 직원들 사이에서 나를 미모로 남자나 꼬시는 여자라고 소문이 나, 뒤에서 내 흉을 보는 것 같은 생각이 들었다.

그래서 결혼한 후 얼마 안 있다 지금까지 다니던 화장품 회사를 그만두고 능력만 좋으면 얼마든지 보수를 더 올릴 수 있는 보험회사 설계사로 직장을 옮겨 보험회사에서 설계사 노릇을 하고 있었는데 나름대로 수입이 많아져 우리가 살을 만큼은 벌고 있었다.

우리가 이혼할 때 선미는 아직 어려 초등학교도 들어가지 않았었다. 나는 어린 선미가 부모의 이혼으로 상처받지 않을까? 걱정했으나 어려서부터 할머니랑 살아서 그런지 별 탈 없이 잘 넘어갔다. 이혼할 당시 나는 아버지 없이 자란 사람이라 선미에게도 그런 상처를 줄까 봐 이혼을 망설이기도 했지만, 그 사람이 하는 행위가 나에게는 도저히 용납되지 않았다.

그 사람은 자기 부모나 형제들이 반대해서 그랬는지는 몰라도 하나뿐인 자기 딸에 대한 사랑이 별로 없었다. 아기 때부터 외갓집에서 장애인인 이모와 할머니 밑에서 자라고 있

133

었는데 정이 없어서 그랬는지 바쁘다는 핑계로 만나러 가지도 않았고 어쩌다 우리가 사는 집으로 아이를 데리고 오면 은근히 빨리 가기를 원하는 눈치를 보여 자주 데리고 올 수도 없었다.

이런 상황에서 이혼의 결정적인 계기가 된 것은 어느 날 술에 잔뜩 취해서 들어왔는데 옷에서 짙은 여자의 화장품 냄새가 풍겼으며 그날 잠꼬대에 두 번이나
"미나야~ 걱정하지 마. 내가 곧 이혼할 테니까?"
하며 잠꼬대했다. 그러지 않아도 회사 일이 바쁘다고 집에 늦게 들어오는 날이 많아지고 지방 출장이라며 외박하는 일이 빈번했는데 분명 무엇이 있다는 생각이 여자의 직감으로 느끼곤 했다. 그래서 미나라는 사람에 대하여 궁금증을 가지고 있었는데 우연한 자리에서 미나라는 사람의 정체를 알게 되었다.

그날 대학 친구들과 우리 집 근방에서 모임을 했다며 술이 한잔 거나한 채 우리 집에서 차나 한잔 마신다며 친구 세 사람을 데리고 왔다. 나는 술에서 깨라고 차대신 꿀물을 한 잔씩 진하게 타 줬다. 그때 용기를 내서 미나라는 사람에 대해서 알아봐야겠다고 생각하고 있는데 마침 그 사람이 화장실에 갔을 때 나는 웃으면서
"어찌 미나라는 분은 같이 안 오셨네요?"
하고 지나가는 말로 건들어 봤다. 그랬더니 친구 한 사람

이 술에 취해서 그랬는지 덥석 걸려들었다. 그는 혀가 살짝 꼬부라진 소리로 눈을 동그랄 게 뜨고

"아니 제수씨가 어떻게 미나를 알아요?"

한다. 나는 시치미를 떼고

"왜요? 그 사람이 종종 이야기하는데요."

하며 웃자 옆에 있던 사람이 아무런 생각도 없이

"둘이 대학 다닐 때 꽤 친하게 지냈는데."

하다 깜짝 놀라는 표정을 지었다. 그러는 사이 그 사람이 화장실에서 나와 미나라는 사람의 이야기는 더 하지 않았다.

이렇게 해서 미나라는 사람에 대하여 알게 되자 그 사람에 대한 애정이 점점 식어가게 되었다. 그 후 나는 미나라는 사람을 더 깊게 알아보니 그녀는 그이와 대학 때 캠퍼스 연인으로 알려져 있었으며 남편이 나와 결혼하자 헤어졌는데 지금까지도 결혼하지 않고 혼자 살고 있다고 했다.

이처럼 미나라는 사람을 알게 되었지만, 시치미를 떼고 살고 있는데 사월 어느 날 벚꽃 놀이라도 가는지 지방으로 2박 3일간 출장을 간다고 나보고 출장 준비를 하라고 했다. 그래서 의심이 들어 단단히 마음먹고 시치미를 떼면서

"미나씨랑 같이 가는 거야?"

하자 그는 화들짝 놀라며

"뭐~, 미나를 어떻게 알아?" 했다.

나는 여기서 단판을 지어야겠다는 생각에

"왜 몰라, 당신 대학 때 캠퍼스 연인으로 다 소문이 나 있던데."

하자 그도 이때다 싶었는지

"뭐야, 지금 나랑 한번 해보자는 거야."

하며 화를 냈다. 나도 조금도 물러섬이 없이

"뭘 해보겠다는 거야, 뭘 해봐?" 했더니 그는 전부터 가지고 있었던 감정인지 모르지만 소리를 지르며

"개뿔도 없는 것이 까불어."

"뭐, 개뿔도 없는 것이?"

하고 같이 고함을 치며 달려들자 그는 더 이상 안 되겠다고 생각했는지 서둘러 출근했다.


그날 저녁 그는 술에 잔뜩 취해서 들어와 아침 출근할 때 했던 부부 싸움을 다시 걸어왔다. 분명 2박 3일이란 출장은 거짓이었다. 그날 우리는 알량한 살림살이도 모두 집어던지며 고래고래 소리 지르면서 서로 이혼하자고 소리치면서 한바탕했다. 나도 내 정신이 아니었나 보다. 그동안 시집 식구들한테 은근히 멸시당했던 것이 그대로 폭발했는지 모른다. 그날 싸움은 그 사람이 다시 집을 뛰쳐나가 끝이 났으나 하나도 해결된 것은 없었다.


나는 그때 우연하면 참고 살려고 마음먹고 있었다. 그 집 식구들이 생각한 대로 아무것도 없는 내 처지를 생각할 때

이것도 내 운명이거니 하고 받아들이려고 했는데 그 사람은 그런 것이 아니었나 보다. 무슨 트집이든 꼬투리만 잡히면 이혼해야겠다고 생각하고 있었는데 내가 스스로 기회를 만들어준 모양이다.

그날 그가 집을 나간 후 나는 많은 생각을 했다. 내가 무엇이 잘나서 그에게 달려들었나? 남들같이 학벌이 좋은가? 아니면 친정이라도 잘사나? 그렇다고 말 한마디 제대로 해줄 수 있는 부모 형제가 있나? 생각하며 밤을 새우면서 많이 울기도 했다. 그렇지만 분명한 것은 그 사람한테 이런 대접을 받으면서 평생 같이 살 수 없다는 결론을 내렸다. 사랑하지 않은 사람, 다른 여자를 사랑하는 사람을 남편이라고 생각하면서 평생을 나 몰라라 하면서 살 수는 없을 것 같았다.

더구나 나는 아무도 의지할 곳이 없는 금실이 언니가 있지 않은가? 지금은 나이가 많으신 어머니라도 계시지만 어머니가 영원히 살아 계실 수 없는 것이 아닌가? 어머니가 돌아가시면 내가 언니를 보살펴 줘야 하는 것이, 내가 가지고 태어난 운명이 아닌가? 생각하니 남편에 대한 미련은 버려야 한다는 결론을 얻었다.

그러나 이혼하겠다고 생각하자 어린 선미가 마음에 걸렸으나 그 사람과 같이 살아도 지금 하는 것을 보면 조금도 선미가 행복해지지 않을 것 같다는 생각이 들었다.

차라리 나 혼자 다른 아이들보다 더 많은 정을 주면 되지 않을까? 하는 생각에 이혼을 요구하면 두말도 없이 이혼하여 시댁으로부터 해방되고 내 마음대로 선미를 키우면서 어머니를 모시면서 언니와 같이 자유롭게 살겠다는 결론에 도달한 것이다.

그 후 우리는 한동안 잠잠하며 서로 눈치만 살피며 살고 있었다. 그러다 그 사람이 중국 해외 파견 근무를 나간다고 하자 다시 이혼 문제가 불거져 더 이상 생각하지 말자고 헤어진 것이다. 이혼 당시 선미를 누가 데리고 갈 것인가? 하는 문제가 나타났으나 선미에게 정이 없는 그는 두말도 하지 않고 선미를 나보고 키우라고 했다. 선미도 엄마 아빠가 이혼한다고 하니까 외갓집에서 자라서 그런지 나와 살기를 원했다.

우리는 합의 이혼으로 위자료는 서로 청구하지 않기로 합의했으며 선미 양육비로 선미가 대학을 졸업할 때까지 매월 50만 원씩 남편이 나에게 주는 것으로 합의했다.

이렇게 이혼한 나는 선미의 양육 문제도 있고 장애인인 언니와 어머니를 돌보기 위하여 지금 우리가 사는 빌라가 반지하주택이지만 공간이 넓고 방범창이 튼튼하게 되어 있어 어머니와 상의하여 이 집을 사서 이사 온 것이다.

처음 이 집을 살 때 집값이 우리가 가지고 있는 돈과 맞았으며, 저렴하고 집안 공간이 넓어서 이사했는데 막상 살아보니 어둡고 습기가 많이 차는 것 같아 사람 살 곳이 못 된다는 것을 깨닫고 지상에 있는 집으로 다시 이사 가야지 하면서 1년만, 1년만 하며 산 것이 5년이란 세월이 흘러갔다.

그러다 보니 열심히 돈을 더 모아 내년쯤 집이 조금 허름하더라도 지상에 있는 집을 구해서 살자고 어머니와 약속하고 허리띠를 단단히 졸라매며 열심히 돈을 모으며 살고 있었다.

내가 결혼해서 깨달은 것은 사람은 끼리끼리 만나야 한다는 것을 깨달았다. 시댁이 조금 더 잘살고 배움이 있다고 해서 우리 집 식구와 나를 무시하던 시댁 식구들의 냉소적인 대우를 받으면서 깨달은 것이 있다면 가난하고 배움이 없는 나 같은 처지에 있는 사람이, 배움이 많고 부잣집의 아들한테 시집을 간다고 해서 결코 행복해지는 것이 아니라는 것을 깨닫게 된 것이다.

우리 가족은 비록 배움이 부족하고 재산이 없는 가난뱅이 가정이면서 장애인과 같이 살고 있지만 언제나 서로 격려하고 도와주면서 마음 편하게 웃으며 화목하게 사는 우리 가정이, 은근히 서로 자랑하면서 자신을 내세우는 시댁 식구들보다 더 행복한 가정이라는 것을 깨달은 것이다.

# 7. 믿음

안나푸르나 모습

빙하로 싸여있는 히말라야의 안나푸르나 정상을 정복하려
는 사람들의 굳은 신념과 정복할 수 있다는 믿음과 같이 오
늘 폭우로 침수된 반지하주택에서 탈출하고자 하는 우리의
굳은 신념과 믿음은 똑같으리라 생각된다.

물이 이제는 서 있는 우리들의 턱밑에 있는 목까지 차올랐다. 이제는 물이 들어오려고 해도 더 들어올 곳이 없는 상태까지 들어온 모양이다. 즉 창밖의 물 높이와 집 안으로 들어온 물 높이가 거의 같아진 것 같았다.

　내 생각으로는 구조대가 출동할 시간이 지났을 것 같은데 무엇이 잘못된 것인지 구조해 주겠다는 사람의 소식은 어느 곳에서도 들려오지 않는다.

　사람이란 무슨 일이 있으면 자기중심으로 생각하나 내 머릿속에도 의심이 나기 시작했다. 혹시 친구가 119에 신고하지 못한 것이 아닐까? 신고하려다 잘 안되니까? 나를 안심시키기 위하여 거짓으로 신고가 되었으니 걱정하지 말라고 했나? 아무리 생각해도 그렇게 하지는 않았을 것 같았다.

내가 그렇게 당황하며 전화했는데 거짓으로 신고했다고 했을까? 이런 생각을 하는 내가 나쁜 사람이라는 생각이 들었다. 그리고 분명히 어머니도 신고했다고 했는데... 밖에 난리가 나도 보통 난리가 난 것이 아닌 모양이다.

그동안 텔레비전의 뉴스 속에서 119 구조대 활동을 종종 보지 않았던가? 그렇게 신속하고 어려운 일들도 척척해내는 119 구조대가 비가 조금 많이 와 집안이 침수된 것인데 이런 것도 하나 해결하지 못한다면 국가에서 운영하는 구조대라고 말할 수 있을까? 하는 의구심이 들었다.

더구나 우리가 있는 곳은 망망대해의 바닷속도 아니고 험준한 산속도 아니며 우리나라 수도라는 서울의 한복판이 아닌가? 내 머릿속에는 119안전센터가 시내 곳곳에 있는 것으로 알고 있는데 우리가 사는 신림동이나 관악구는 구조대가 없는 것일까? 이런 의문들은 점점 의문의 꼬리로 이어졌다. 아무리 생각해도 알 수가 없다. 혹시 지금 내가 꿈속에서 헤매고 있는 것이 아닌가? 그렇지 않으면 내가 미쳐 가는 것일까? 아무리 생각해도 알 수가 없었다.

"엄마 구조대는 왜 안 오지?"
하며 걱정 섞인 소리로 징징대던 선미도 이제는 포기했나 문짝에 매달린 채 보이지 않는 창문만 응시하고 있다.

언니는 몸이 뚱뚱해서 그런지 물속에서 서 있는 모습이 나나 선미보다 더 힘들어 보였다. 언니가 매달려 있는 상부 장 문짝의 삐거덕거리는 소리가 점점 자주 들려왔다.

이렇게 삐거덕거리는 소리가 들릴 때마다 내 마음은 점점 더 불안해졌다. 혹시 뚱뚱한 언니의 체중을 이기지 못하고 문짝이 떨어지던지 벽에 붙은 상부 장 자체가 떨어지면 어쩌나 하는 생각이 나를 괴롭혔다. 이런 생각이 들자 나는 상부 장에 걸쳐 놓은 내 손에 힘을 줄 수도 없었다. 더구나 내가 걸쳐 있는 상부 장은 선미와 두 사람이 매달려 있는 것이 아니겠는가? 이런 생각을 하다가도 참 쓸데없는 생각을 다 하고 있구나, 하는 생각이 들어와 머리를 설레설레 흔들어도 봤다. 시간이 왜 그렇게 안 가는지 모르겠다. 시간이 빨리 가야 구조대가 빨리 올 것이 아닌가?

아무리 생각해도 이대로는 언니나 선미가 버티지 못할 것 같았다. 물이 천장으로부터 40cm 정도 공간을 남겨두고 가득 찼으니 혹시 우리가 있는 공간의 산소가 부족하여 죽는 것이 아닐까? 하는 불안감도 나타났다.

물이 턱밑까지 찬 후는 더 불어나지 않는 것 같은데 머리가 천장에 닿아 있고 조금만 고개를 숙여도 더러운 오물이 떠 있는 흙탕물이 입과 코로 들어오게 되어 있었다.
어른인 나도 벌써 몇 차례 더러운 물이 코로 들어오곤 했눈데 장애인인 언니와 선미는 어떨까? 하는 생각이 머무르자 그들의 마음을 안정시킬 필요가 있겠다는 생각이 들었다.

무슨 말을 어떻게 해줘야 조금이라도 불안을 덜 느끼고 버티는 데 도움이 되어줄까? 아까는 행복했던 지난날의 추억을 기억해 보라고 했는데 무엇을 얼마나 생각했는지 모르지만 생각이 안 난다고 구시렁대던 언니도 어느 순간부터 말이 없었다. 그때 갑자기 내 머릿속에 하나님께 기도하면 어떨까? 하는 생각이 머리를 스치고 지나간다.

사실 나는 종교를 가지고 있지 않았다. 우리 집은 어촌에서 아버지가 고기잡이배를 타고 고기를 잡을 때 종종 마을 사람들과 같이 바다에 제사를 올리곤 했지만, 그것이 우리 집 종교라고 말할 수는 없을 것 같았다.

그리고, 아버지가 돌아가시고 나서 어머니가 방황할 때 마을에서 얼마 떨어지지 않은 본향산에 산제당이란 곳이 있었는데 이곳에는 돌부처를 모시고 있는 곳이었다. 그리고 그곳에는 할머니와 할아버지가 살고 있었다. 이 산제당에 우리 할머니가 일 년에 몇 번씩 다녔는데 그래서 그랬는지 어머니도 할머니를 따라 산제당에 다니곤 했다. 그러다 보니 어머니를 따라서 나와 언니도 몇 번 같이 가본 적이 있었다.

그때 나는 벽에 이상한 그림을 보고 무서워서 어른들 하는 것을 열심히 바라보고 있었던 기억이 있다. 벽에는 수염이 길면서 무서운 그림이 붙어 있는데 그 앞에다 음식을 차려 놓고 옆에서 산재당에 사는 할아버지가 꽹과리를 치면서

"물러가라~ 물러가라 ~ "를 반복했다.

그 소리에 맞추어 할머니와 어머니는 열심히 합장하면서 절을 했으며 나와 같이 방에 둘러앉아 있는 사람들도 모두 그림을 바라보면서 두 손을 합장한 채 열심히 비비며

"나무아미타불 관세음보살~ 나무아미타불 관세음보살 ~"을 외쳐댔다.

언니와 나는 아무것도 모르는 채 어른들 하는 대로 눈을 감고 손을 합장하고 입으로

"나무아미타불 관세음보살, 나무아미타불 관세음보살"을 따라서 했다.

어른들은 얼마나 큰소리로 관세음보살을 외쳐대는지 산재당 할아버지가 치는 꽹과리 소리가 잘 들리지 않을 정도였다. 그런가 하면 어떤 사람은 울면서 큰소리로 '나무아미타불 관세음보살'을 외쳐대기도 했다.

뒤에서 알은 일이지만 그것은 돌아가신 아버지를 위하여 굿한 것이라는 것을 알았다. 그 후에도 할머니와 어머니는 몇 차례 더 가서 산재당 할머니로부터 점이라는 것도 보곤 했다. 그리고 어머니는 간혹 장독대 앞에다 깨끗한 짚을 깔아놓고 그 위에 조그만 소반 상에다 촛불을 켜놓고 그 앞에다 하얀 쌀 한 그릇과 물 한 대접을 올려놓은 다음 두 손을

합장한 채 무어라고 하는지는 모르지만, 열심히 빌면서 기도 드리는 것을 종종 본 적이 있었다.

나는 그것이 토속종교인 미신이란 것을 학교에 다니면서 알게 되었다. 지금은 시대가 변하여 미신이란 말은 사용하지 않고 토속 신앙이라고 알고 있는데 그때는 시골에서 많은 사람이 이렇게 토속 신앙을 믿고 있었다. 그래서 그랬는지 나는 어떤 어려움이나 무서움을 느낄 때 나도 모르게 눈을 감고 '나무아미타불 관세음보살'을 찾곤 했다.

그러다 아버지가 돌아가시고 서울에 올라와서 장애인인 언니를 보살피며 어렵게 살던 어머니는 이모가 권했다고 언니와 나를 데리고 마을에 있는 교회에 나가곤 했다. 그러다 보니 우리 세 식구는 모두 교회에 적을 두고 있었으나 그리 열심히 다니지는 않았다.
특히 나는 고등학교에 다니면서부터는 거의 교회에 나가지 않았고 어머니도 바쁘다는 핑계로 열심히 믿지 않았으며 간혹 교회에 행사가 있다든지 아니면 일요일 날 시간이 있을 때 언니와 같이 나가시곤 했다.

내가 교회에 다니다 그만둔 것은 고등학교 1학년 때 윤리 선생님의 영향을 받지 않았나? 하는 생각이 들었다.
그분은 윤리 시간에 종교에 관한 단원을 가르치면서 종교란 우리 인간의 힘으로는 해결할 수 없는 것을 믿음으로 해결하는 것이라고 하셨다. 따라서 종교란 믿음을 나타내는 것으로 기독교 신자는 하나님이 존재한다는 굳은 믿음이 있어야 진정한 기독교 신자가 될 수 있는 것이며, 불교 신자는 부처님이 계신다는 굳은 믿음이 있어야 진정한 불교 신자가 될 수 있다고 하였다. 그러면서 오늘날 우리 주변에는 수없이 많은 종교인이 있는데 그중에서 제대로 믿음을 가진 신자가 얼마나 되는지 알 수가 없다고 했다.

　특히 우리 같은 어린 학생들의 믿음은 진정한 믿음이라 할 수 없어 진정한 신앙인이라고 말할 수 없다고 하였다. 진정한 신자는 죽음이 얼마 남아 있지 않은 나이가 많으신 어른들이나 위험한 처지에 놓여 있는 사람이거나 아니면 병에 걸려 죽음에 직면한 사람들이 믿는 믿음이 진정한 신앙의 믿음이라고 했다.
　그분들은 위험이나 죽음에 직면해 있어 자신의 미래에 대한 불안으로 그 불안을 신에 의지하여 구원받기 위해 강한 믿음으로 신을 갈구하기 때문이라고 하였다.

　흔히들 어린 학생 시절에 '하나님이 계신다, 계시지 않는다' 또는 '귀신이 있다. 없다'하고 다투는 경우가 있는데 하나님이 계시느냐? 계시지 않느냐는 그 사람의 마음에 있는 것이며 귀신이 있다, 없다 하는 것도 그 사람의 마음에서 나온다고 하셨다.

그러면서 어느 종교나 내세를 인정하고 있으며 내세가 없는 것은 종교라 할 수 없다고 했다. 그리고 보면 기독교나 불교는 내세가 있는데 내세를 인정하지 않는 유교는 참다운 종교라고 말할 수 없다고 했다.

종교는 어떤 행위를 선과 악으로 나누어 선을 행하면 행한 만큼 득을 보고 악을 행하면 악을 행한 만큼 벌을 받는다고 되어 있단다. 즉 선을 행하면 내세에 가서 득을 보고 악을 행하면 내세에 가서 해를 받는다는 논리란다.

그러면서 우리 학생들은 아직 젊으니까 내세가 있고 없고를 떠나서 학생 때 종교를 하나씩 가지면 인성 발달에 좋은 영향을 미쳐 어른이 되어서 훌륭한 인격을 지닌 사람이 될 수 있다며 어느 종교든 하나씩 종교를 가지고 믿으면 좋다고 말씀하셨다.

그러자 그때 어느 한 친구가
"그럼 선생님은 믿으시는 종교가 있나요?"
하고 질문을 하자 선생님은 웃으시며
"현재는 믿는 종교가 없는데." 하자
"그럼 신을 믿지 않으신다는 뜻인가요?"
라고 질문을 다시 했다. 그러자 선생님은
"나는 어떤 특별한 종교를 가지고 있지 않을 뿐이지 신을 믿지 않는 것은 아닌데." 한다.

"그럼, 선생님은 어떤 신을 믿나요. 혹시 우리 토속신을 믿고 계시나요." 하자 웃으시면서

"나는 나를 믿는 사람이지."라고 했다.

그러자 다른 학생이

"그럼 선생님은 선생님 자신이 신이라고 생각하시는 모양이지요?"하고 황당한 질문을 던졌다.

그러자 선생님은 웃으시며

"내가 나를 믿는다는 것은, 내가 신이라는 뜻이 아니라 나의 정신을 믿는 사람이란 뜻이지. 여기서 정신(精神)이란 '영혼이나 마음'을 나타내는 말로 신(神)자는 귀 신자를 쓰고 있는데 내가 나를 믿는다는 것은 나의 영혼이나 내 마음을 믿는다는 뜻이지. 우리 인간의 마음은 그 사람이 어떻게 마음먹느냐에 따라서 나타나는 행동이 서로 다르게 나타나지요."

하시며 선생님이 대학에 다닐 때 우연히 성철 스님의 수필집을 읽어 본 적이 있었는데 그 책에서 감명받은 글귀가 하나 있었다고 하셨다.

그 글귀는

'사람은 눈이 있으되 눈으로 보는 것이 아니고 마음으로 보는 것이며 귀가 있으되 귀로 듣는 것이 아니고 마음으로 듣는다'. 라는 글귀였단다.

그 글귀를 읽으면서 생각해 보니 우리 눈앞에 사물이 있다고 해서 그 사물을 다 보는 것이 아니라 내가 보고 싶은 것

만 내 눈에 들어오게 되고, 또 옆에서 무수한 소리가 나도 내가 듣고 싶은 마음이 있어야 그 소리를 듣게 된다는 것을 알 수 있단다.

예를 들어 보면 '여러분들의 책상에 여러 가지 물건이 놓여 있을 때 그것을 바라본다고 책상에 있는 물건을 다 알아볼 수 있는 것이 아니라 마음으로 이것이 있었구나, 하고 생각할 때 비로소 그 사물을 알 수 있다는 뜻이며, 듣는 것도 마찬가지로 한 예로 내가 거실에서 재미있는 영화를 텔레비전에서 열심히 보고 있는데 바로 옆에 있는 주방에서 어머니가 애 나 이것 좀 도와줘. 할 때 어머니가 무슨 말을 했는지 알 수 없는 것은 우리의 마음이 텔레비전에 빼앗겨 있기 때문이란다.

이 말을 조금 더 설명해보면 우리 인간은 어떤 일을 하고, 못 하고는 그 사람이 마음을 어디에 두고 있느냐에 따라서 달리 나타난다는 것이란다. 다시 말해 학생이 공부하겠다는 마음만 있으면 누구나 얼마든지 공부를 잘할 수 있다는 뜻입니다.'라고 하셨다.

여기서 말하는 마음이란 바로 자기의 정신을 말하는 것이며 무엇을 이루겠다는 정신만 강하면 우리 인간은 무엇이든지 해낼 수 있다는 것이다.

그러면서 지금 여러분들이 믿는 종교는 진정한 종교라고

할 수 없으며 살아가면서 어떤 어려움을 만나게 되었을 때 나타나는 신에 대한 굳건한 믿음이 진정한 종교라고 하셨다.

다시 말하면 우리 인간이 평상시 알고 있는 것은 하나의 상식인 것이며 이런 상식들이 모여서 지식이 되고 지식이 모여서 체계화된 것을 학문이라 하는데 그 학문이 과학을 나타내는 것이라 하였다.

우리가 학교에서 배우고 있는 학문이란 것이 과학을 의미하는 것이며 흔히 사회과학 자연과학 인문과학 등 다양하게 분리되고 있다고 했다.

그런가 하면 과학으로 해결할 수 없는 것들을 해결하기 위하여 나타난 것이 철학이며 철학으로도 해결할 수 없는 것을 해결하는 것이 종교라고 하는 믿음을 나타낸다고 하였다.

그래서 종교라고 하는 것은 우리 인간으로서는 어떻게 해결할 수 없는 범주에 속하는 것으로 그것은 오로지 인간의 믿음에서만 나타나는 것이라 하였다.

그러다 보니 하나님에 대한 믿음이 강한 사람은 하나님을 만날 수 있는 것이며 부처님에 대한 믿음이 강한 사람은 부처님을 만날 수 있다는 것이다.

이런 강한 믿음은 결국 인간의 마음 즉 정신에서 나타나는 것이기 때문에 선생님은 자기의 마음인 정신을 믿는다고 말씀하셨다.

그 말을 좀 더 깊게 생각해 보면 인간은 누구나 정신이란 것을 가지고 있어 누구나 신이 될 수 있다는 뜻으로 학생들 모두 신적 존재이기 때문에 자기 자신을 믿고 무엇이든 열심히 하면 못할 것이 없다는 뜻이라고 강조하셨다.

나는 이 선생님을 무척이나 좋아했다. 키도 헌칠하게 생겼으며 늘 깨끗한 양복 차림에 수업 시간마다 바꾸어 매고 들어오는 넥타이가 신선미를 주었으며 늘 얼굴에는 온화하면서도 인자한 웃음이 서려 있었다.

그보다도 이 선생님은 학생을 편애하지 않았다. 공부를 잘하고 못하고를 따지지 않았으며 누구나 똑같이 인자하게 대해 주었으나 잘못을 저지르는 학생은 절대 용납하지 않는 엄격함도 지니고 계셨다. 그러다 보니 나뿐만이 아니라 모든 학생이 좋아하는 선생님이라 종종 학생들 사이에서 선생님들 모르게 비밀로 실시하는 선생님들의 인기 투표에서 늘 1등을 차지하는 선생님이기도 했다.

갑자기 선생님 생각이 머리를 스치고 지나가자 선생님 말씀대로 이런 위험에 처했을 때 믿음이 진실한 믿음인 모양이란 생각이 들었다. 그래서 나도 이 위험을 벗어나게 해 달라고 하나님을 믿어 보자고 생각하면서 언니와 선미에게 같이 기도하기를 제안했다.

"언니 우리 하나님께 구해달라고 기도할까?"

하고 제안하자 언니도 얼마나 고통스러운지 우는 목소리로

"그래, 우리 기도하자. 그런데 손이 묶여 있는데 어떻게 기도하지?"

"손을 빼면 안 되니까? 손은 그대로 놔두고 눈을 감고 입으로만 하면 되는 거야. 내가 큰소리로 기도할 테니 언니도 따라서 해" 하자

"그래 내가 따라 할게, 얼른 해봐." 한다.

"선미도 이모처럼 따라서 해."

"응, 따라서 할게."

하며 우는 목소리로 대답하는데 어미의 가슴이 미어지는 것 같았다.


눈앞에서 어린 딸이 죽음을 무릅쓰고 버티고 서 있는데 어미로서 그에게 해 줄 방법이 하나도 없으니 가슴만 미어질 뿐이다. 전생에 무슨 죄를 그리 많이 지었길래 어려서부터 겪은 시련도 수없이 많은 것 같은데 아직도 이런 큰 벌을 주는지 알 수가 없다.


나는 눈을 지그시 감고 낮은 소리로 천천히 해보지도 않은 기도를 하기 시작했다. 내가 아는 기도는 어렸을 때 어머니를 따라 교회에 다니면서 들었던 것뿐으로 기도를 어떻게 무슨 말을 해야 하는지 잘 알지 못했다.

그래서 그때의 기억을 되살리며 내 마음대로 생각나는 대

로 기도하기 시작했다. 언니와 선미도 나의 기도 소리를 따라 두 눈을 감고 조용한 목소리로 따라 했다.

"하늘에 계신 우리 아버지 오늘 우리가 감당할 수 없는, 어렵고 힘든 이 고통에서 벗어날 수 있게 도와주시옵소서!

하나님 아버지 이렇게 어려운 고통이 우리를 더는 억누르지 못하게 하시고 이 어려운 고통 속에서 속히 벗어날 수 있게 우리에게 강한 힘을 주시옵소서.

지금까지 우리 곁에서 우리를 지켜주시고 우리의 소원을 들어주신 하나님 아버지 은혜에 감사드리옵니다.

하나님 아버지 지금 우리 가족이 처한 위험 속에서 한시라도 빨리 벗어날 수 있게 용기와 힘을 주시옵소서.

오늘 우리 가족이 처한 이 고통에서 저희를 구해주시면 앞으로 우리 가족은 죽는 그날까지 하나님 아버지를 열심히 믿을 것을 약속드리옵니다." 하자

언니는

"은실아, 그럼 우리 내일부터 교회에 나가는 거야." 한다.

"왜, 언니 교회 가고 싶어?"

"응, 교회 나가고 싶어. 직업재활센터에 다니는 내 친구는 일요일마다 교회에 다닌다는데." 그러면서

"선미야 너도 이모와 같이 교회에 가자." 한다.

언니는 아직도 우리가 어떤 상황에 처해 있는지 잘 분간이 안 되는 모양이다. 죽을지 살지 모르는 순간에도 마음 태평하게 교회 타령이나 하고 있다. 나는 속으로 어이가 없었으나 그런 천진난만한 언니가 부럽다는 생각이 들었다.

그런 생각을 하면서 윤리 선생님 말씀대로 지금 처해 있는 나의 상황이 진정한 신에 대한 믿음이 필요한 것이 아니겠는가? 하는 생각이 머릿속을 스쳐 갔다.

이런 위험에 처했을 때 드리는 기도가 진정한 기도고, 내가 지금 원하는 것이 진정한 신앙심이고 믿음이 아니겠는가? 이런 생각을 하자 나는 더욱 애절하게 기도하기 시작했다.

"하나님 아버지! 아버지의 위대한 힘으로 1분 1초라도 빨리 119 구조 대원이 출동하여 위험에 처한 우리 가족을 구할 수 있도록 도와주세요.

하나님 아버지! 아버님께 간절히 기도드리오니 저희의 간절한 기도 소리를 들으시고 아버지의 거룩한 힘으로 우리를 이 물속에서 탈출할 수 있게 도와주세요."

하면서 나도 모르게 울음 섞인 목소리로 기도하고 있었다. 그러자 옆에서 따라서 하던 딸이 엉엉 울고 있었으며 언니도 우는 목소리로 기도하는지 울고 있는지 알아들을 수 없는 목소리로 웅얼거리고 있다.

얼마 동안 기도했는지 모른다. 입이 마르도록 한 이야기를 또 하고 또 했으니 무엇이라고 기도드렸는지도 모른다. 그저 시간을 보내기 위하여 정신없이 떠들어 댔는지도 모른다.

언니와 선미에게 고통을 조금이라도 덜 주기 위하여 떠들어 댄 것인지 아니면 내 마음속의 하나님에 대한 믿음이 정말로 나타나서 했는지 알 수는 없었지만, 열심히 기도하고 또 했다.

언니와 선미도 처음에 기도할 때는 제법 큰소리로 따라서 하더니 시간이 지나면서 점점 목소리가 작아져 갔다. 그러더니 선미가 소리가 없어 혹시 잘못되었나 정신이 번쩍 들어 자세히 살펴보니 그는 문짝에 매달린 채 고개를 숙이고 자고 있었다. 그를 깨우려고 하던 순간 나는 '아니지 자게 내버려 둬야지. 어린 것이 얼마나 피곤하면 이런 상황에서 잠이 올까?' 하는 생각이 떠오르자 잠을 자도록 그대로 놔두는 것이 그를 도와주는 것이란 생각이 들었다.

아마 내 기도 소리가 자장가 역할을 했는지도 모른다는 생각이 들었다가, 갑자기 하나님이 우리의 간절한 기도 소리에 우리의 소원을 들어주시기 위해서 영혼이 깨끗한 어린 선미에게 고통을 덜 주려고 잠을 자게 한 것인지도 모른다는 생각이 떠올랐다. 선미가 자는 것을 보고 더 용기가 나서 선미가 깨지 않도록 조심하면서 나지막한 목소리로 기도했다. 마음속으로는 언니도 선미와 같이 잠이 들었으면 하는 생각을 가지고 열심히 기도했다.

"하나님 아버지 아버지의 거룩함을 믿사옵니다. 아버지의 거룩한 힘으로 오늘 우리가 처한 이 어려운 상황에서 벗어나게 해 주시옵소서.

아버지의 위대한 힘으로 119 구조대 요원들이 1분 1초라도 빨리 출동하여 우리 가족을 이 위험한 곳에서 벗어나게 해 주십시오.

하나님 아버지 지금 밖에 계속 퍼붓고 있는 비를 이제는 그만 멈추게 해 주십시오.

하나님 저의 불쌍한 언니와 아직 어린 우리 선미를 이 고통에서 벗어나게 해 주십시오.

기도드리옵니다.

하나님 아버지 기도드리옵니다.

하나님 아버지 이름으로 기도드리옵니다."

얼마를 기도했는지 모른다. 어떻게 기도했는지도 모른다. 한 이야기를 하고 또 하면서 반복해서 같은 말을 기도했다.

이렇게 기도드리고 있는 나는 나도 모르게 내 눈에서 눈물이 흘러 얼굴을 적시고 있었다. 이렇게 울면서 열심히 기도하다 언니 모습을 바라보니 언니도 상부 장 문짝에 매달린 채 고개를 숙이고 있었다.

선미가 자는 것을 보고 자기도 잠들었나 생각하며 그대로 놔두었다.

# 8. 구원의 불빛

내장산 호수에서

암흑에 갇혀버린 삼라만상의 생명체에 생명을 주기 위하여 광명이 나타나듯 침수된 반지하주택에 갇혀서 죽음에 직면한 우리에게도 실낱같은 구원의 불빛이 나타났다.

선미와 언니가 잠이 들자 나는 기도하던 것을 일단 멈추고 다시 주변을 자세히 살펴보았다. 밖에 비는 완전히 멈추었나 물이 차지 않은 거실의 유리창 넘어 물방울이 아까보다 줄어든 것같이 보였다. 그러면 119 구조대의 출동이 가능한 것이 아니겠는가? 하는 희망이 솟아났다.

　상부 장 문짝에 매달린 채 창문 쪽을 멍하니 바라보고 있자니 내가 지금 꿈속에서 헤매고 있는 것 같은 생각이 또 들었다. 그래서 다리를 움직여 보았다. 분명히 꿈이 아니라 물속에 갇혀 있었으며 퀴퀴한 흙탕물이 내 몸을 감싸고 있다는 것을 느낄 수 있었다. 차라리 꿈속이면 얼마나 좋을까? 하는 생각이 들었다.

이런 것이 날벼락인 모양이다. 분명 오늘 아침 아침밥을 잘 먹고 보험회사에 출근하여 열심히 근무하지 않았던가? 생각하자 오늘의 하루가 머릿속을 스치고 지나간다.

오늘 아침 어머니가 계시지 않기 때문에 가볍게 우유 1컵에다 토스트 1개 그리고 달걀부침 1개씩으로 아침 식사를 대신하고 내가 먼저 출근했다.

어머니가 계실 때는 걱정 없이 출근했는데 어머니가 병원에 입원한 다음부터는 장애인인 언니와 아직 어린 선미를 집에 놔두고 먼저 출근하는 것이 마음에 걸렸다. 그래서 나갈 때마다 선미에게

"선미야 이모 출근하는데 네가 옷이랑 가방 좀 챙겨 주고 활동 지원사 선생님이랑 직업재활센터에 간 다음 네가 마지막으로 꼭 집을 돌아보고 전등불을 끈 다음 문단속하고 학교에 가."하고 당부한 다음 출근하였다.

언니는 나이가 40 중반이 되지만 아직도 자기 혼자 할 수 있는 일이 별로 없었다. 이런 언니를 어머니는 평생 보살펴 왔다. 그런 어머니가 불쌍하여 요즘은 언니 목욕과 머리 감는 것은 거의 내가 도와주고 있다.

다행인 것은 '장애인활동지원사' 제도가 생겨 요즘은 언니도 지원사의 도움을 받아 직업재활센터에 지원사와 같이 출근하고 퇴근할 때도 다시 지원사의 지원을 받고 있으며 퇴근 후에는 지원사가 종종 언니의 머리도 감겨주고 언니 방

도 청소해줘서 어머니나 나의 역할이 조금씩 부담이 줄어들긴 했다.

이런 '장애인활동지원사'가 생기기 전에는 하나서 열까지 어머니의 도움으로 살아가는 사람이 언니였다. 어려서부터 이런 모습을 보아온 나였기에 시댁에서 아이를 더 낳으라고 했을 때 아이에 대한 두려움으로 낳기를 반대했는지 모른다는 생각이 들었다.

우리가 이곳으로 이사 온 이유도 여러 가지가 있었겠지만, 언니 직업재활센터에 접근하기 좋은 곳을 찾다 보니 이곳을 택한 것이다.


언니는 지금도 숫자의 개념이나 글씨의 개념이 없는 사람이다. 글자를 알아 책을 읽기는 하는데 그 내용이 무슨 뜻인지 알지를 못하고 앵무새처럼 읽기만 한다.

그러다 보니 집에서나 밖에서나 혼자 생활이 어렵고 항상 누군가가 옆에 붙어 있어야 하는 사람이다. 어머니는 이런 딸을 위하여 아버지가 돌아가신 후 평생 혼자의 몸으로 생활비를 벌어가면서 두 딸을 위하여 살아오셨다. 어찌 보면 어머니의 인생은 언니와 나, 두 딸만을 위한 삶이 아니었나 하는 생각이 들기도 했다.

내가 아직 어렸을 때 언니를 잘 이해하지 못하고 언니와 다투거나 싸우면서 내가 속상해하는 모습을 보면, 그때마다 어머니는 안쓰러운 표정으로 나를 달래주곤 하셨는데 지금 생각해 보니 그때마다 어머니의 마음은 얼마나 아팠을까? 하는 생각을 하니 가슴이 뭉클해졌다.

　그래도 내가 출가하기 전에는 큰 도움은 되지 못했겠지만, 종종 나의 도움을 받곤 했는데 내가 집을 나간 후 두 사람만 살면서 늙어가는 어머니는 마음고생이 심했는지 더 폭삭 늙으신 것 같았다. 거기다 나의 결혼생활이 자기들 때문에 파탄 난 것같이 생각하고 있어 더 가슴 아파했을지도 모른다.

　이런 생각이 떠오르자 병상에 있는 어머니 모습이 스쳐갔다. 지금쯤 어떡하고 계실까? 평생 자기만 의지하고 살아오고 살아가는 언니 생각과 아직 어린 외손녀가 울부짖으며 살려달라고 애원하던 전화 소리에 제정신이 아닐 것 같았다.

　병실에서 이 사람 저 사람 붙잡고 우리 딸과 손녀를 살려달라고 애원하면서 매달리고 있지 않을까? 아니면 휠체어를 타고 있는 몸으로 퇴원하겠다고 병원 이곳저곳을 헤매고 다니시지는 않을까? 생각에 생각이 꼬리를 물고 이어진다.

　집 소식이 궁금해서 핸드폰을 들고 딸한테 걸었다 손녀한테 걸었다 119에 걸었다 친구한테 걸었다 정신을 못 차리고 있을 것 같았다.

운명이 얼마나 기구하면 일찍 남편을 보내고 장애인인 자식을 두고 살았을까? 생각하니 지금 내가 처한 상황보다 어머니 생각에 눈물이 흘렀다.

'불쌍한 우리 어머니. 어머니 앞으로는 어머니가 외롭지 않게 제가 열심히 모실게요.' 다짐하면서

"하나님 아버지 제발 우리 가족에게 닥친 어려운 이 고통과 위험에서 벗어나게 해 주십시오. 제가 지금까지 어머니로부터 받은 사랑을 조금이라도 되갚을 수 있게 우리 가족을 이 위험의 고통에서 벗어날 수 있도록 도와주십시오."

하며 기도하고 또 기도했다.

그렇게 열심히 기도하고 있는데 눈앞에 하얀 곰 인형이 둥실둥실 떠 있다. 제법 커다란 곰 인형을 보자 어머니 생각에서 선미의 생각으로 변했다. 그 곰 인형은 선미가 초등학교에 입학할 때 입학 기념으로 저희 아빠가 사다 준 것이다.

그래도 이혼은 했지만 배운 사람으로서 자기 딸이 학교에 들어간다니까 두고만 볼 수 없었던 모양이다. 나는 그 사람이 미워 인형을 버리려 했지만, 아빠가 그리워서 그런지 아니면 여자아이라 인형을 좋아해서 그런지 선미는 그 인형을 무척이나 아끼고 좋아했다.

학교에서 집에만 돌아오면 인형을 껴안고 살다시피 했으며 저녁에 잠자리에서는 내가 인형을 멀리 두라고 잔소리해

도 꼭 껴안고 잠을 잤다.

아까는 보이지 않던 인형이 왜 이제야 보이는지 알 수는 없지만, 인형을 보자 상부 장에 매달린 채 물속에서 고개를 숙이고 잠을 자는 딸이 너무나 애처롭게 보였다.

물이 턱 밑에까지 차서 고개를 조금만 더 숙이면 물속으로 얼굴이 묻힐 것 같은데 물이 더 이상 들어오지 않는 것만으로도 천만다행이라고 생각해야 할 것 같았다.

하나님이 우리들의 기도 소리를 듣고 비를 멈추게 하고, 더 이상 물이 들어오지 않게 한 것이 아닐까? 하는 생각이 들었다.

하나님의 기적이란 생각이 들자 그러면 이처럼 위험한 처지에 놓이게 된 것도 우리 가족들이 잘못을 저질러서 벌을 받는 것이 아닌가? 하는 생각이 문득 떠올랐다.

무엇을 얼마나 잘못했기에 이런 큰 시련을 주시는 걸까? 혹시 우리가 살면서 잘못한 일이 있는가? 지난날을 되돌이켜 봐도 크게 남에게 해를 끼친 일이 떠오르지 않았다. 내가 죄가 있다면 가난한 집에서 태어난 것뿐이 없다는 생각이 들었다.

이런 생각을 하며 언니와 선미 그리고 내가 상부 장 문짝에 매달려 있는 모습이 꼭 예수님이 십자가에 못 박혀 있는 모습과 같다는 생각이 들어, 나도 모르게 고개를 저었다. 불길한 생각 같아서다.

좋은 생각을 해야지. 분명 어머니도 119에 신고했다 했고 또 이웃에 사는 사람에게도 부탁했다고 하시지 않았나? 친구도 분명히 비가 멈추고 물이 빠지기 시작하면 119 구조대가 출동할 거라고 하지 않았나? 이런 생각 저런 생각, 생각 속에 헤매다 나도 모르게 정신이 깜박했나 보다.

내가 정신이 들었을 때는 밖에서 손전등 불빛이 왔다 갔다 했으며 창문 밖에서 사람이 왔다 갔다 하는 모습이 보였다. 나도 언니나 선미같이 잠을 잔 모양이다. 아니면 정신을 잃었었나 알 수 없었지만 팔이 너무 아팠다. 왜 그런가 하고 생각해 보니 내가 싱크대 상부 장 문짝에 매달린 채 정신을 놓고 있었나 보다.

정신을 차리고 주변을 살펴보니 선미와 언니는 아직도 상부 장에 그대로 매달려서 자고 있었다.

그런데 창밖에서 물속을 헤치며 사람들이 손전등을 비추면서 우리 창문 밖을 왔다 갔다 하는 모습이 보였다. 내가 꿈을 꾸고 있는 것이 아닌가? 아니면 구조대를 기다리던 마음이 하나의 허상을 보여 주고 있는 것인가? 하는 생각에 내 몸을 움직여 보자 분명 나는 내가 주방에다 만들어 놓은 거치대 위에 올라가서 있었으며 물에 잠겨 있었다.

꿈이 아니라는 것을 깨달은 순간 내 기도 소리에 하나님이 우리에게 구원의 손길을 보내 준 모양이라는 생각이 들었다. 우리를 구해주려고 사람들이 나타난 모양이다. 나는 그 사람들에게 지금 물속에 사람이 갇혀 있다는 것을 알리기 위하여 구원의 소리를 질렀다

"살려 주세요. 여기 물속에 사람이 갇혀 있어요."
하고 목이 터지게 소리를 쳤다. 그 소리에 선미와 언니도 놀랐나?
"엄마 사람이 나타났어?" 하고
"은실아, 사람이 왔어." 했다
나는 힘이 솟았다. 언제부터인가 선미와 언니가 소리도 없이 고개를 숙이고 있자, 잠을 자고 있겠지 하는 생각으로 내 마음을 달래고 있었지만, 또 한편으로는 혹시 잘못되어 기절하고 있는 것이 아닌가? 하는 불안한 마음도 가지고 있었다. 이런 불안 속에서도 깨우지 못한 것은 그들이 잘못되었다 해도 지금의 상황으로서는 내가 해 줄 수 있는 것이 아무것도 없었으며 또한 겁이 나서도 건들지 못하고 있었다. 그런데 그들이 소리를 하자 몸에서 힘이 솟구치는 것 같았다.

"언니 밖에 불빛이 보이잖아. 사람이 물속에 걸어 다니는 모습도 보이고."
"어디, 정말로 불빛이 보이네" 하며 좋아했다.
"우리 같이 살려 달라고 소리 치자." 하자

"그래 소리 지르자." 해서 세 사람은 싱크대 상부 장에 매달린 채 고개를 들고 목청껏 소리를 질렀다.

"살려 주세요. 물속에 사람이 갇혀 있어요."
하고 몇 번을 외치자 밖에서 웅성거리는 소리가 커지며
"안에 사람이 살아 있어."
"안에서 사람 소리가 들려."
"살려달라고 소리 지르고 있어."
"우리가 온 것을 알았나 봐!"
하면서 사람 움직임이 빨라졌다.

그러면서 우리 쪽을 향하여 큰 소리로 고함을 쳤다.
"조금만 참고 있어요. 우리가 곧 구해 드릴 테니."
하는 소리가 들려왔다. 그리고 창밖에서 물이 고여있는 창문의 윗부분을 손바닥으로 닦고 손전등을 창문에 대고서 안쪽을 들여다보고 있었다. 그때 밖을 보니 아까 내가 보았던 것보다 밖에 물이 줄어들었다는 것을 깨달았다.

분명히 이웃 사람인지 모르는 남자 두 사람이 우리를 구해주려고 창밖에 왔다 간 후 얼마 안 있다 내가 살펴본 밖의 물은 우리 창문에 거의 차올라 20cm만 남겨 논 상태까지 차 있었는데 지금은 우리 집에 들어온 물보다 상당히 낮아져 창문의 40cm 정도까지 내려가 있었다.
그리고 보니 우리가 서 있는 집안도 이제는 물이 밖으로 나가는지 내 턱밑까지 차 있던 물이 목 아래로 내려가 있다는 것을 느낄 수 있었다. 나는 밖에 비가 그치고 도로에 물이 빠지기 시작하자 구조대가 신속하게 출동한 모양이라는 생각이 들었다.

손전등을 창문에 대고 안쪽을 살피던 사람은 우리를 발견한 모양이다.

"세 사람이 주방에 매달려 있어." 하자

"어디, 나와 봐. 나도 보게."

하는 소리가 들리며 손전등을 좌우로 비춰보았다. 그 손전등 불빛이 내 얼굴을 비치고 지나가며 언니 얼굴에 비치자 언니는

"살려 주세요. 팔이 아파 죽겠어요."

하고 소리 질렀다. 그러자 선미도 우는 소리로

"아저씨 살려주세요. 팔 아파 죽겠어요." 하고 소리쳤다.

그러자 밖에서 또

"걱정하지 마세요. 곧 구해 드릴게요."

"조금만 더 참으세요." 하는 소리가 들려왔다.

그러면서 창문과 방범창을 살피는 아저씨들 얼굴이 슬쩍슬쩍 보이기도 했다. 이렇게 창문을 살피던 아저씨들은

"이 창문으로는 못 들어가겠어. 방범창이 너무 튼튼하게 쇠로 되어 있고 이것을 부숴도 창문으로 물이 들어가 집안의

물을 퍼낼 수가 없을 것 같아.”

“이곳보다 현관에 차 있는 물을 퍼내기가 쉬울 것 같은
데...” 하는 소리가 들려왔다.

참, 소리란 신기하다. 집안이 물로 가득 차 밖에 소리가
들리지 않을 것 같은데 물이 차지 않은 좁은 공간의 틈으로
소리가 들려오고 있다. 우리가 지금까지 살아있는 것도 그
좁은 창틀 공간으로 공기가 들랑거려서 살아있는 것이 아닐
까? 하는 생각이 들었다.

이런 소리가 들린 후 이들은 우리를 구할 상의를 하는지
한동안 아무런 소리가 없었다. 그러자 언니가

“은실아, 왜 빨리 우리를 안 구해주지?”

하며 구조대가 오면 금방 나갈 줄 알았나 보다.

“언니 조금만 더 참아, 구조대 아저씨들도 우리 집으로
물이 들어오지 않게 현관을 막고 물을 퍼내야 하니까.” 하자

“나 팔 아파 죽겠는데...” 한다.

그러자 선미도

“엄마 나도 팔이 빠질 것 같아.” 하며 우는소리를 한다.

어른인 내 팔이 이렇게 아픈데 어린 선미는 얼마나 더 아
플까? 생각하니 안쓰러웠다. 그렇다고 지금 이런 상황에서
내가 언니나 선미에게 해 줄 수 있는 것은 아무것도 없었다.

아무리 힘이 들고 아파도 구조대가 물을 퍼내고 들어올

때까지 참고 기다려야만 했다.

밖에서는 안에다 대고
"지금 현관의 물을 퍼내려고 준비하고 있으니 걱정하지 말고 조금만 더 기다리세요."
하고 소리 지른다. 그러자 언니가 우는소리로
"나 팔 아파 죽겠어요." 소리쳤다.
"알았어요. 곧 구해 드릴게요."

구조대가 나타나면 금방 나갈 줄 알았는데 그리 쉽지 않은 모양이다. 밖에 사람들이 손전등을 들고 물속을 왔다 갔다 하는 모습이 보인지가 꽤 시간이 흐른 것 같은데...
이런 생각을 하면서 왜 쉽게 구할 수 없을까? 생각해 보니 우리 집 현관이 지하에 있으니까 밖에 물이 들어오지 못하게 하고 물을 퍼내려면 먼저 밖의 물보다 더 높게 입구를 막아야 할 것 같았다. 그러다 보니 입구로 물이 들어오지 않도록 막을 것을 준비하느라 늦어지는 모양이라는 생각이 들었다.

이런 생각이 들자 언니와 선미가 조금이라도 고통을 받지 않게 해 줄 필요가 있었다. 그래서 어떻게 할까? 생각하다 다 같이 눈을 감고 기도하는 것이 제일 좋겠다는 생각이 들었다.
"언니 우리 빨리 구해 달라고 다시 하나님께 기도할까?"

하자

"그래, 우리 기도하자."

"선미도 엄마를 따라서 하는 거야."

"응, 알았어. 따라서 할 게."

해서 나는 또 기도를 드리기 시작했다.

나는 어떻게 기도할까? 망설이다 이렇게 구조대가 나타난 것도 아까 우리가 하나님께 열심히 기도해서 하나님이 보내 주신 것이 아닌가? 하는 생각이 문뜩 머릿속을 스치고 지나갔다.

그래서

"하나님 아버지 우리를 구해주시기 위하여 119 구조대 아저씨들을 보내 주셔서 감사합니다. 하나님 아버지 119 구조대 아저씨들이 우리를 한시 빨리 구할 수 있도록 힘을 주시기 바랍니다.

하나님 아버지 오늘 우리 가족은 이 위험에서 벗어나면 앞으로는 교회에 열심히 나가고 일요일에도 꼭 교회에 나가 하나님 아버지께 기도드리겠습니다."

하고 교회에 나가겠다고 마음속에 다짐하며 기도하고 또 기도했다. 언니와 선미도 눈을 감은 채 열심히 따라서 했다.

이렇게 열심히 기도드리고 있는데 밖에서 양수기 돌아가는 소리가 들려왔다. 물을 퍼내는 모양이다.

나는 곧 구조되는 것 같아 나도 모르게 큰소리로

"언니 저기 소리 들리지? 물을 양수기로 퍼내는 소리."

하고 소리쳤다. 양수기 소리는 앞쪽 현관 쪽과 방 뒤에서도 들려왔다. 뒤쪽 지하 주차장으로 들어간 물도 퍼내는 모양이다.

내 마음에 구원의 손길이 닿아서 그런 것인지 얼마의 시간이 지나자 물을 얼마나 퍼냈나 모르지만, 집안에 들어온 물이 우리 목까지 찼었는데 이제는 물이 문틈으로 해서 밖으로 나가는지 조금 줄어든 것 같은 느낌을 받았다.

이런 시간이 꽤나 흘렀다. 한밤중인데도 이웃에 사는 주민들이 나와 있나 사람들의 웅성거리는 소리와 고함치는 소리가 간간이 들려왔다. 구조대가 나타나면 금방 나갈 줄 알았는데 그리 간단하지 않은 모양이다.

언니와 선미는 팔이 아프다고 징징거린 지가 꽤나 시간이 흘러간 것 같았다, 내 팔이 이렇게 아픈데 요령 없이 매달려 있는 언니나 선미는 얼마나 더 아플까? 하다가도 내 몸 간수에 정신이 없었다.

징징대던 언니가 조용해지더니 선미도 조용해졌다. 나도 정신이 몽롱해지는 것이 내 몸에서 버티는 힘이 한계에 다다른 모양이라는 생각이 들었으나 어떻게 해볼 방법이 없었다.

언니와 선미가 더 이상 버티지 못하고 기절한 것이 아닌가? 하는 불안한 생각이 스쳐 갔으나 그들의 이름을 불러볼 힘도 없어졌는지 소리가 나오지 않는다.

"선미야, 선미야~"
"언니, 언니~"
하고 아무리 불러 봐도 소리가 나지 않고 내 마음속에서만 부르고 있는지 아니면 꿈속에서 부르고 있는지 구분이 되지 않았다.

이렇게 비몽사몽이고 있는데 현관문에서 망치 소리인지 아니면 폭탄이라도 터트리는지 "쾅" 소리가 나더니 갑자기 물이 쏠려 나갔다. 깜짝 놀라 나는 넘어지지 않으려고 발버둥 치며 정신을 차려보니 선미는 상부 장 문짝에 매달려 있고 언니가 매달려 있는 상부 장 문짝이 떨어지면서 순간 물속으로 쏠려 가는 모습이 보였다. 나는 나도 모르게 몸의 균형을 잡으며 "언니~"하고 소리친 것 같은데 그다음은 아무것도 기억이 없었다.

그리고 내가 기억할 수 있는 것은 어떻게 된 일인지 모르지만, 병원 응급실에서 환자복을 입고 누워 있었다.

세 사람이 같이 상부 장 문짝에 매달려 있었는데 어떡해서 선미와 나는 살고 언니만 죽은 걸까? 조용히 눈을 감고 생각해 보았다.

내 기억에 현관문 쪽에서 '꽝' 소리가 나는 소리에 놀라 눈을 떴을 때 눈에 보인 것은 선미는 상부 장 문짝에 매달려 있었고 언니가 물속으로 휩쓸려 가는 것을 보았다.

되짚어 생각해 보니 꽝 소리와 함께 현관문이 열리면서 물이 현관 쪽으로 쏠려 나가자 언니가 균형을 잃은 모양인데 언니의 몸이 뚱뚱하여 상부 장 문짝이 언니의 몸무게를 이기지 못하고 떨어져서 물속으로 휩쓸려 나간 것이라는 생각이 들었다.

언니 생각이 떠오르자 나도 모르게 눈에서 눈물이 흘렀다. 어쩌다 이 험한 세상에 태어나 평생 남들로부터 놀림만 당하면서 혼자 외롭게 살다 갔을까? 그런 몸으로 태어나려면 차라리 부잣집에서 태어났으면 그래도 좋은 옷에 굶주리지나 않고 맛있는 음식이라도 실컷 먹고 살았을 것이 아닌가? 어찌 가난하고 불쌍한 우리 어머니한테 태어나 평생 어머니의 애간장만 태우다 갔을까?

스님의 말씀대로 이 세상에서 멸시와 굶주림 속에서 외롭고 험한 고통 속에 살다 갔으니 이제는 이런 고통에서 벗어나 행복한 곳으로 갔을 거로 생각하면서도 눈에서는 눈물이 계속 흘러나왔다.

"불쌍한 우리 언니 부디 천국에 가서 고통받지 말고 행복하게 사세요. 이 동생이 언니를 위하여 열심히 기도할게요. 언니 선미와 저만 살아서 죄송합니다. 끝까지 지켜드리지 못해서 미안합니다. 그리고 사랑합니다. 편안히 영면하십시오." 하며 기도를 올렸다.

# 네팔 히말라야의 ABC 등산기

안나푸르나 베이스캠프(ABC)

2016년 10월 16일부터 21일까지(4박 5일간) 네팔 히말라야의 안나푸르나 베이스캠프(ABC)까지 등산했다. 내 나이 고희(70살)의 기념으로 딸이 가이드 역할을 하면서 두 사람이 등산한 것이다.

　이때 너무 감격적이라 산을 좋아하는 독자님이 계신다면 꼭 한번 도전해 보라는 의미에서 기행문을 실어보았다. 우리나라 지리산이나 설악산 및 한라산을 등산하는 기분과는 완전히 다르며 해발 4,000M의 공기 맛은 어떻게 표현할 수 없는 쾌감을 준다. 영어가 되는 분은 직접 인터넷을 활용하면 환율의 차이로 여행사의 여비에 1/3도 안 되게 다녀올 수 있다.

　혹시 가시게 되면 본 내용이 많은 도움이 되리라 믿습니다.

호찌민에 사는 큰딸이 아빠 古稀(고희) 기념으로 히말라야 등산을 하자고 지난 3월에 제의가 들어와 겁없이 덜컥 승낙하고 말았다. 평소 걷는 것은 자신이 있기에 부담 없이 대답한 것이다.

10월 15일 호찌민에서 네팔에 직접 가는 비행기가 없어 말레이시아 쿠알라룸푸르에서 자고 16일 카트만두로 가는 비행기에 몸을 실었다.

카트만두에 도착한 나는 엉성한 공항과 복잡한 입국 절차가 마음에 들지 않았다. 네팔은 공항에서 입국 비자를 발급하기 때문에 혼잡하다는 것을 뒤늦게 깨달은 것이다. 비자 발급이 까다롭지는 않지만, 줄을 서서 대기하는 시간이 필요했다.

택시를 타고 예약된 호텔을 찾아가는데 겁이 나기도 했다. 택시가 모두 우리나라 모닝같이 조그마한 소형차인데 딸이 비용이 저렴한 차를 흥정해서 그런지 차가 고물차로 백미러가 부서져 덜거덕거리고 앞자리에 앉은 내 의자가 고정되어 있지 않고 앞뒤로 마음대로 움직이고 있었다.

그리고 네팔의 수도라는데 도로가 곳곳이 패여 있으며 교통 신호 체계가 어떻게 되는지 도무지 알 수가 없어 불안하게 했다.

20여 분이나 공포 속에 달려 온 택시가 도착한 곳은 차 한 대 겨우 드나드는 좁은 골목길로 접어들어 가더니 호텔이라고 내려놓았다. 우리네 시골의 여인숙도 이보다는 나을 것 같다는 생각이 들었다. 그러나 한번 매인 몸이라 피할 수도 없고 견딜 수밖에 없는 처지가 된 것이다.


다음 날 아침 다시 포카라로 가는 버스를 타기 위하여 택시를 타고 시가지로 나오는데 잘 정비된 도로가 보이지 않고 모두 다 골목길이며 아스팔트 포장도로가 군데군데 패여 있었다. 그러다 조금 넓은 도로에 많은 버스가 일렬로 늘어서 있는데 이곳이 카트만두 버스 터미널이란다.

딸의 안내로 일렬로 늘어선 버스 중 포카라로 가는 버스를 탔다. 나는 신기하고 어이가 없어 딸에게

"야, 우리가 지금 있는 곳이 네팔 수도 카트만두냐?"

"그런데, 왜 이상해?"

"이곳이 버스 정류장 맞아?"

"여기가 카트만두 버스 터미널이야."

"그럼, 시내 중심지는 어디야?"

"호 호 호, 여기가 카트만두 중심지야!" 한다.

아마 우리나라 60년대 군 단위 소재지 같은 풍경과 별반 다를 것이 없다는 생각이 들었다.


버스를 타고 포카라로 가는데 도로가 아스팔트 포장은 되어 있는데 양쪽이 다 패여 있어 버스가 얼마나 뛰고 흔들거리는지 정신없는 상태에서 6시간 가까이 산을 넘고 또 넘어 포카라에 도착하였다.

포카라에 도착해서 보니 이곳은 국제 관광 도시라 그런지 수도라는 카트만두보다 도로와 건물들이 잘 정비되어 있었다. 호텔도 현대 건축물로 크고 멋져 보였다.

숙소에 짐을 풀어놓고 시가지와 페와호수 주변을 산책한 다음 딸이 지난번 왔을 때 가봤다며 한국인이 직접 운영한다는 한국인 식당을 찾아가 삼겹살과 된장찌개로 저녁 식사를 했다.


# 산행 1일 차.

아침 8시가 조금 지나 다시 호텔에서 소개해준 포터 두 사람을 만나 인사를 나누고 다시 택시를 이용하여 나야폴로 이동하였다.

네팔의 택시는 소형택시로 작은 차에 커다란 배낭 두 개를 싣고 네 사람이 타니 뒤에 탄 사람들은 고생이 이만저만이 아니었다. 나는 딸의 배려로 그나마 앞자리에 앉아 다행이었으며 어제 카트만두 택시 같은 공포는 없었으나 이번 차도 별반 다름이 없다.

중앙선도 표시되어 있지 않고 곳곳이 패여 나간 도로를 제 마음대로 달리며 추월해 가는데 가슴이 쿵더쿵쿵더쿵했다. 처음에는 불안하여 떨었으나 '에라 모르겠다. 죽어도 별수 없지' 하는 마음을 가지니 마음이 조금 가벼워졌다.


포카라에서 한 시간 남짓 달려 나야폴에 도착하자 본격 트레킹이 시작되나보다 생각하고 등산화 끈을 단단히 조여매고 산행을 시작하려 하는데 딸과 포터가 무어라고 한참이나 이야기를 나누더니 다시 지프를 타잔다.

이유는 우리의 트레킹 목적지가 A.B.C(안나푸르나 베이스캠프)라고 하니까 5박 6일 가지고는 절대 갈 수가 없다며 푼힐 코스를 권하는데 딸이 지난번 다녀왔다고 안 된다고 하자 일정을 줄이기 위하여 사우리바자르까지 차로 이동한다는 것이란다.

그리고 나야폴에서 히말라야의 산을 들어가려면 또다시 비자를 발급받고 여권에 확인 도장을 받아야 했다.

딸과 포터가 수속받으러 갔을 때 나는 차창 밖을 내다보니 한글로 된 간판이 눈에 들어왔다.

신기하게 느껴져 읽어 보니 【쉬리비레탄티 세컨더리 초등학교】로 엄홍길 대장이 히말라야 8,000m 등정에 도움을 준 네팔인과 셰르파 자녀를 위해 세운 학교라는 홍보 안내판이었다.

나도 모르게 내가 한국인이란 자부심이 느껴졌다.

입산 절차가 끝나고 지프로 이동하다 보니 차를 타고 온 것이 잘했다는 생각이 들었다.

도로가 비포장에다 그늘이 없는 신작로라 먼지가 이만저만이 아니었다. 이 먼 곳까지 와서 남의 나라 먼지까지 마시고 갈 필요는 없지 않은가? 하는 생각이 들어서였다.


사우리바자르에 11시경 도착하여 본격적으로 등산이 시작되었다.

70세 늙은이라 젊은 층에 떨어지지 않으려고 단단히 마음먹고 열심히 걸었다.

원래 매일 만 보 이상 걷기를 시작한 지가 3년이란 세월이 지나 지난 8월 지리산 대원사에서 천왕봉까지 혼자 산행하는데 별로 무리 없이 마친 경험이 있어 그리 뒤처지고 싶은 생각은 없었다.

빨리는 걷지 못하지만 쉬지 않고 꾸준히 걷는 데는 나름대로 자신이 있었다.

나는 처음부터 우리 일행들과 같이 걷는 것을 포기하였다.

그래서 딸에게

"진아, 너는 포터와 같이 걸어."

"왜, 아빠랑 같이 걸을게."

"나는 걸음이 느리니까 천천히 걸을 거야!"

"괜찮아, 나도 천천히 걸으면 되니까?"

"그게 아니라 너랑 같이 걸으면 내가 무리가 가니까 내 걸음 속도에 맞춰서 걸으려고 그래."

그래서 딸은 포터와 이야기하면서 걷고 나는 혼자 내 걸음 속도대로 걸었다. 이렇게 해서 처음부터 산행은 혼자 걷게 되었다. 나는 그들이 쉴 때 걸어야 보조를 맞출 수 있기에 먼저 출발하고 그들이 따라오면 앞세우는 형태로 산행이 끝날 때까지 계속하다 보니 딸하고 이야기할 시간을 제대로 갖지 못한 것이 아쉬움으로 남았다.

40여 분 걸었을까? 내 허리에 찬 만보기가 3,000의 숫자가 찍혀 있었다.

점심을 먹자고 하여 쉬는 곳이 어디인가 살펴보니 난두룩이었다.

점심을 먹으면서 딸과 포터가 오늘 저녁 숙소 문제를 상의하는 모양이다.

5박 6일에 산행을 끝내려면 오늘 촘롬까지 가야 하는데 촘롬은 숙소가 없어 사전에 예약해야 하고 만약 거기까지 가지 못하면 예약 취소 대금을 내야 한단다. 그러면서 돈을 자기들한테 맡기면 잘 보관했다 돌려준다고 한다.

이 녀석들이 내 머리가 하얀 백발이고 40대 초반 젊은 여자와 둘이 산행하니까 만만하게 보이는 모양이라는 생각이 들었다.

그래서 나는 돈을 절대 맡겨서는 안 된다며 두고 보자고 했다. 영어를 할 줄 모르니 답답했다.


점심 먹는 동안에 옆 좌석에 앉은 한국인 두 사람을 만나 반갑게 인사를 나누게 되었다.

그들은 나와 딸이 이야기하는 것을 듣고 우리말로

"한국에서 오셨습니까?"

하고 물어 와 이국에서 한국 사람을 만난 반가움에

"어~, 한국에서 오셨어요?"

하며 반갑게 인사를 나누었다.

"한국 어디서 오셨습니까?"

"천안에서 왔는데요. 사장님들은 어디서 오셨습니까?"

"우리는 공주에서 왔습니다."

"그래요. 정말 반갑습니다."

"천안에는 여기 박 사장님의 자제가 대학교수로 있는데."

"아~ 그러세요."

이렇게 해서 우리는 금방 친하게 되었다. 그들은 내가 사는 천안의 옆 동네인 공주에서 온 사람들이었다.

반갑게 인사를 나누고 포터가 한 이야기를 들려주자 돈은 절대 맡기지 말고 춈롬에는 숙소가 많이 있으니 걱정하지 말란다.

그리고 오늘 춈롬까지 간다고 하자 내 나이를 물어 와, 이제 막 70이라고 하자 무리라며 지누단다 까지만 가라고 권했다.


딸에게 돈을 맡기지 말라고 당부하고 주변을 감상하면서 쉬지 않고 한들한들 꾸준하게 걷기 시작하였다.

딸과 포터를 앞서거니 뒤서거니 하면서 걷는 내 걸음은 결코 그들에게 뒤처지지 않는 걸음이었다.

2시간 반쯤 걸었을까? 지누단다(1,780m)에 도착하니 오후 3시경이 되었다.

인터넷에 올라온 히말라야 트레킹 기행문에는 오후 3시 정도면 산행을 중지하고 일찍 쉬어야 다음날 지장이 없다는 글이 떠오르자 갑자기 쉬고 싶다는 생각이 들었다.

그런데 우리 일행은 다음 쉼터인 춈롬(2170m)까지 가야 한단다.

지누단다에서 춈롬까지는 잘은 모르지만 언뜻 살펴보니 내가 젊었을 때 고전했던 설악산 소청봉에서 쉬운각으로 내려오는 코스보다 더 가팔라 보였으며 거리가 멀어 보였다.

물 한 모금 마시고 천천히 오르기 시작하였다.

포터의 말로는 두 시간이 걸린다는데 잘 해낼지 모르겠다는 생각이 들었지만, 지난 8월 지리산 대원사계곡에서부터 중봉을 거쳐 천왕봉에 오르던 생각을 하니 이곳은 그보다 힘들지 않을 것 같다는 생각이 들어 오르고 또 오르기 시작하였다.

그러면서 고산병이 올까 봐 가뜩이나 차오르는 호흡을 심호흡법으로 조절하면서 걸었다.

이렇게 혼자 오르는 도중에 50, 60대로 보이는 한국 아줌마들이 골짝에 하얗게 핀 고마니 꽃을 보고 아름답다고 수다를 떨면서 내려오는 일행을 만나 나는 한국말에 반가워 왈

"꽃보다 더 아름다운 분들이 저 꽃이 뭐가 아름답다고 하십니까?"라고 말을 건네자 꽤나 반가운지 내 하얀 머리를 보고

"어머나 누구랑 같이 오셨습니까?" 한다.

"딸과 둘이 왔습니다." 하니

"세상에 부러워라, 역시 딸이 최고야!" 하면서 인사를 하면서 정신없이 내려간다.


힘이 들어 보여서 그런가? 시간은 어두워질 시간이 아닌데 어두워지는 느낌이 들었다.

원주민 젊은 친구가 올라오다 내 흰머리를 보고 감탄하며 나이를 묻는다.

영어를 모르는 나는 Age(나이)라는 단어가 떠올라 나이를 묻는다고 생각하고

"Seventy(70)."라고 대답하자 엄지손가락을 세우며

"원더풀, 원더풀!" 하면서 앞질러 올라간다.

그리고 조금 뒤에 원주민이 당나귀에 자기 부인인지 여자를 태우고 올라오는 사람이 있어 좁은 길을 비켜주려고 10m 정도 빠르게 움직였는데 갑자기 숨이 차기 시작했다.

이곳은 해발 2,000m 정도였는데 혹시 고산병이 오는 것이 아닌가? 덜컥 겁이 났다.


촘롬 산장에 도착해서 보니 지누단다에서 한 시간 반에 올라왔지만 숨이 턱 밑까지 찼으며 머리가 띵하여 고산병인 것 같아 겁이 났으나 표현하지는 않았다.

숙소에 들어서자 방에 냉기가 가득했다. 체면이고 뭐고 필요 없이 엉터리 샤워장에 들어가 얼굴과 발에 물만 묻히고 따뜻한 겨울옷으로 갈아입자 좀 살 것 같았다.

저녁을 먹으며 맥주에 준비해 온 양주를 한잔 타서 마셨더니 추위도 가시고 몸도 따뜻해졌다.

우리가 묵은 산장 주인은 동대문 시장에 있는 식당에서 3년을 일하다 온 사람이라고 하면서 다가와 이야기를 나누어 보니 식당 주인에게 3개월 치 품삯을 받지 못했지만 거기서 벌어 온 돈으로 여기에 산장을 꾸렸다고 자랑했다.

나는 딸을 주인과 포터랑 이야기하게 놔두고 먼저 숙소에 들어와 일찍 잠자리에 들었다.

아침에 일어나 숙소에서 나와 보니 푸른 하늘과 상쾌한 공기에 움츠린 몸을 피면서 바라보자 눈앞에 바위산 봉우리가 안개구름 사이로 우뚝 솟아 험하게 보여 카메라에 풍경을 담아 보았다.

뒤에 알고 보니 이 봉우리가 그 유명한 마차푸차레라는 것을 알게 되었다.


# 산행 2일 차.


본격적인 트레킹이 시작되었다.

촘롬에서 산행 자의 신원을 확인하고 여권을 맡긴 다음 들여보내 주었다. 나는 혼자 사람과 사람 사이에서 고산지대에 있는 마을을 거치고 다리를 건너 고개를 오르고 내려가며 열심히 걷고 또 걸었다.

아름다운 자연환경을 만끽하며 앞서거니 뒤서거니 쉬지 않고 천천히 무아의 세계 속으로 빠져 걷고 또 걸었다.

걷는 동안 시누와에서 만난 검으면서도 커다란 소 떼의 눈치를 보면서 피해 걷기도 하고 수없이 많은 양 떼도 구경하면서 각국에서 온 수많은 사람과 스치면서 주고받은 인사가 인상 깊었다.

많은 사람이 나에게 건네는 인사말은 네팔 말이나 영어로 하였지만, 간혹 우리말로 인사하는 사람도 만날 수 있었다.

많은 사람이 머리가 하얀 내가 이 큰 산을 트레킹하는 것이 신기하게 느껴지는 모양이다.

나는 그들과 인사할 때 처음에는 영어로 하다 우리말로 하기로 하였다. 상대방이 영어나 네팔말로 인사해도 나는 꼭 "안녕하세요?"라고 답하였다. 그것은 나만의 고집이요, 우리말을 보급하자는 의미도 있다.

하긴 해외여행 중에 가이드가 기사에게 그 나라 말로 인사하라고 가르쳐 주면 나는

"기사에게 우리말을 가르쳐주세요. 내 돈 주고 여행 왔는데 왜 내가 이 나라 말을 써야 하나요."라고 하면서 기사들에게 아침저녁으로 인사할 때 꼭 우리말로

"안녕하세요?"

"수고하셨습니다."라고 하는 것이 나의 인사법이었다.

이렇게 안녕하세요라는 인사를 하다 보면 동양계 사람 중 중국인인가? 일본인인가? 아니면 한국인인가? 잘 구분이 안 될 때 한국인을 만나면 서로 반가워서 다시 한번 더 바라보며 인사를 한다.

그리고 원주민들도 우리 인사말을 알고

"안녕하세요?"라고 인사를 하며 웃어주는 친구도 제법 만났다.

모든 잡념을 털어버리고 혼자만의 행복 속에 도취 되어 걷고 있으면 간혹 서양의 건강한 젊은이들이 나를 앞지르는 사람도 있지만 대부분 사람은 꾸준한 나의 걸음 속도에 뒤처졌다.

우리 포터는 나만 보면 최고라고 엄지손가락을 치켜세우고 웃으면서

"천천히~"

"천천히~"라고 말을 한다.

내가 지쳐 쓰러질까 봐서 걱정인가? 아니면 짐을 메고 가는 저희가 힘들어서 그런지 알 수는 없었다.


밤부에서 점심을 먹는데 별로 먹고 싶은 생각이 없어 생강차 한잔과 수프 한 공기로 때우고 다시 걷기 시작하는데 맑았던 하늘이 갑자기 어두워지며 빗방울이 하나둘 떨어지기 시작했다.

나는 비닐 비옷을 배낭 위에 씌우고 우산을 받고 걷는데 빗방울이 점점 굵어져 지나가는 비라 생각하고 금방 그칠 줄 알았는데 쉽게 그치지 않고 계속 내렸다.

비를 맞으며 걷다 보니 중국인 같은데 아시아계통의 50대 두 사람과 아가씨 둘이 비옷을 준비하지 못했는지 비를 흠뻑 맞고 걸으면서 힘들어하는 모습이 애처로워 보였으나 도와줄 방법이 없었다.

나는 얇은 비닐 비옷으로 배낭을 씌우고 자그마한 우산

을 받고 가니 이슬비보다 조금 더 굵은 비는 그리 걱정되지 않았으며 울창한 숲길 속을 우산을 받고 혼자 여유롭게 걷는 내 모습이 낭만적이라는 생각이 들기도 했다.

점심 먹을 때 포터가 오늘 저녁 숙소가 히말라야라는데 잠자리가 딱 두 자리 남았다고 사전 예약해야 한다고 했었다.

앞으로는 방 하나에 네 사람이 사용하며 샤워는 그만두고 발도 닦을 물이 없단다.

쉽게 말해 이제부터는 고산지대라 물이 귀하여 물을 사용할 수 없다는 것이다.

비를 맞고 5시경 숙소에 도착해 먼저 도착한 딸이 안내해 주는 방으로 들어가 보니 기가 막히었다.

2~3평 남짓한 곳에 침대가 네 개가 들어 있는데 세 개가 나란히 있고 하나는 출입구 쪽 다른 침대 발끝에 놓여 있다. 그리고 좁아서 가까스로 문을 여닫을 수 있었으며 배낭 놓을 자리가 마땅찮아 창틀에 올려놓는 비좁은 방이었다.

내가 사용하는 숙소에는 영국에서 왔다는 20대 아가씨 두 사람과 딸이 사용하는 곳에서 혼자 끼어 자는 신세가 되었다.

어제도 느꼈지만, 이곳 기후가 낮에는 25도 정도로 따뜻하여 얇은 옷을 입고 등산을 하는데 해만 지면 갑자기 기온이 10도 이하로 떨어져 오리털 잠바를 입어야 했다.

비를 맞아 옷이 축축하게 젖은 나는 기온이 떨어지자 체면을 차릴 처지가 못 되었다.

젖은 옷 갈아입을 장소가 마땅찮아 아가씨들에게 고개를 돌리라 하고 따뜻한 털옷으로 갈아입은 다음 침낭에 들어가니 추웠던 몸이 좀 풀려나갔다.

영국에서 온 아가씨들은 침낭을 준비하지 않았는지 한참 동안 추위에 발발 떨다 산장에서 제공하는 이불이 오자 그 속으로 들어갔다.

몸이 풀리자 저녁을 먹으러 식당에 들어갔는데 옆 좌석에 앉은 사람이 손가락으로 음식을 먹는 모습이 눈에 띄자 갑자기 비위가 상해 음식을 먹고 싶은 마음이 싹 가셨다.

그래서 딸에게

"애, 나는 밥을 먹지 않을 테니까 시키지 마라." 했더니

"왜, 어디 안 좋아?"

"그게 아니라 갑자기 비위가 상하네." 했더니

"아빠, 우리가 음식을 시키지 않으면 포터가 굶어야 해." 한다.

우리가 음식을 시켜야 포터의 음식이 나온다는 것을 인터넷에서 봤는데 잊었다. 그래서

"그럼 내 것을 시켜서 네가 먹어라. 그리고 나는 가볍게

시켜서 먹을 테니까." 하면서 점심과 같이 수프에다 생강차 한 잔 그리고 캔맥주에 양주를 넣어 한잔 마시고 잠자리에 들었다.

나는 원래 여행을 나오면 잠을 잘 자지 못했는데 어제도 그랬지만 이곳에 와서는 피곤해서 그런지, 아니면 공기가 좋아서 그런지 침대에 눕기만 하면 잠이 들었다.

# 산행 3일 차.

아침에 일어나 보니 날씨가 언제 비가 왔냐고 싹 개어 있었다.

방에서 나와 내가 잔 숙소의 주변을 돌아보니 앞뒤가 꽉 막힌 험한 바위 절벽으로 되어 있는 계곡에 있었다.

고개를 들어 위를 쳐다보자 산장 앞산 바위 절벽과 뒤쪽 바위 절벽이 꼭 V자 형태로 그사이에 보이는 하늘에는 구름 한 점 없는 맑은 하늘에 별들이 초롱초롱하게 보였다.

영국 아가씨들은 다섯 시에 일어나 아침도 먹지 않고 산행을 시작한다고 나갔다. 산행에 초보자들인지 침낭 준비를 하지 않아 비 맞은 몸으로 산장에 들어왔는데 산장에서 이불을 늦게 가져다줘 이불이 올 때까지 추위에 떨던 기억은 오랫동안 추억으로 남게 될 것이라는 생각이 들었다.

아침 여덟 시에 다시 산행이 시작되었다.

이곳부터는 고산지대라 그런지 어제와 같이 산행하는 사람이 많지 않았다. 중도에서 포기한 것인가? 아니면 처음부터 계획이 없었는지 알 수는 없다.

이곳은 해발 2,920m니 대부분 사람이 밤부 정도에서 되돌아가는지 히말라야는 산장도 숙소가 별로 없었다.

히말라야 산장에서 해발 3,230m인 데우랄리까지 가는데 산행에 익숙해져서 그런지 몸도 가볍고 주변의 경치가 너무나 아름다웠다.

지금까지 내가 경험해 보지 못한 이색적인 자연환경에 와 있다는 것을 기분으로 느낄 수 있었다.

사람들이 간혹 눈에 띄었지만, 주변의 경치와 하늘의 색깔이 너무나 아름다워 이쪽, 저쪽의 아름다운 자연을 감상하느라 걸음 속도가 느려졌으며 사진 찍는데 정신이 없었다.

딸도 자연에 도취 되어 걸음 속도가 느려졌다.


처음에는 오늘 일정을 점심은 데우랄리에서 먹고 숙소는 MBC(마차푸차레 베이스캠프)에서 자기로 하였다.

ABC까지 가는 것은 내가 늙어 무리라는 것이다.

그러나 그들은 힘들어하지 않고 산에 오르는 나와 딸의 등산 실력에 탄복했다.

나는 평소 하루도 거르지 않고 만 오천 보 이상 걷기를 하는 사람이고 딸은 매일 테니스에 검도 유단자니, 외모는 둘다 깡마른 체격이나 운동으로 단련된 몸이라 걷기만 하는 이런 길은 그리 힘들이지 않고 걷고 있었다.

그러다 보니 일정을 바꾸어 MBC에다 숙소를 정하고 점심을 먹은 다음 ABC를 다녀오는 것으로 결정했다.

아무것도 모르는 나는 그들이 하자는 대로 하기로 한 것이다.

데우랄리까지 오는 동안 아름다운 경치에 흠뻑 빠져 있었다.

KBS 다큐멘터리에서 네팔의 히말라야 등산을 방영해 준 적이 있었는데 그때 스태프진이 촬영한 종착지가 데우랄리까지이었다.

그 너머는 눈이 많이 와서 통제되어 더 오를 수가 없으며 이곳으로 가면 마차푸차레와 안나푸르나가 나온다고 하던 스태프진의 아쉬워하는 장면을 생각하면서 나는 데우랄리를 거쳐 MBC를 향하여 걷는데 좀처럼 거리가 줄어들지 않았다.

저기가 MBC인가? 아니면 저 고개 너머에 MBC가 있는가? 하면서 걷는데 좀처럼 나타나지 않았다.

딸과 포터는 내 앞을 지나간 시간이 꽤 되었으며 어디쯤 가고 있는지 골짝을 돌고 돌기 때문에 보이지 않았다.

아침에 출발할 때 그 좋은 날씨가 11시쯤이 되자 하늘이라고는 양팔을 벌린 정도 크기의 골짜기 위로 보이는데 구름이 갑자기 몰려와 곧 비가 내릴 것 같은 어둠침침한 날씨로 변하였다.

정신은 맑은데 몸이 지친 것인지 허리가 잘 말을 듣지 않는 것 같았다.

먹은 것이 부족해서 그런가? 아니면 물을 적게 마셔서 그런가? 각가지 생각이 떠오른다.

이번 트레킹에서 내가 가지고 있는 먹을 것은 물에 탄 홍삼 진액뿐이 없었다.

나는 걸으면서 목이 타면 홍삼 진액 물로 목을 조금씩 축이고 있었다.

평소 물도 싫어하고 군것질을 싫어하여 흔한 알사탕 하나도 몸에 지니고 있지 않았다.

그러다 보니 산에 오르면서 먹은 것이라고는 음식이 비위가 상해 생강차 한잔과 수프 한 공기로 버티었으니 몸이 지쳐갈 만했다.


딸에게 전화하려고 핸드폰을 꺼내 통화하려고 하자 언제부터인지 이곳은 핸드폰이 통하지 않는 곳이라는 것을 알게 되었다.

잘못되어도 누구에게 연락할 수 없는 곳에 와 있다는 것을 깨달은 것이다.

이렇게 고전하면서 MBC에 도착했을 때는 더 걷고 싶은 생각이 조금도 없었다.

왜 숙소를 제일 먼 곳에다 정했는지 원망스러울 정도로 지쳐 있었다.

점심을 먹는 둥 만 둥 하고 딸이 ABC를 가자고 하는데 혼자 갔다 오라고 하고 나는 숙소로 들어와 누워 버렸다.

원래 계획은 여기다 숙소를 정하고 ABC에 다녀온 다음 내일은 일찍 하산하기로 했는데 나는 포기한 것이다.


이곳 숙소는 마지막에 잡은 숙소라 그런지 침침하고 잠자리가 부족하다며 포터와 같이 자는 창고만도 못한 후진 숙소였다.

그러다 보니 히말라야 숙소와 반대로 이번에는 남자 세 사람 속에 딸 혼자 자는 신세가 되었다.

딸은 포터 한 사람과 ABC로 향하고 나는 침낭 속에서 한 시간 정도 잠을 잤나 눈을 떠보니 정신이 말짱하고 몸이 가뿐하게 회복되어 있었다.

인터넷에서 이곳은 공기가 좋아 아무리 피곤해도 한 시간만 쉬고 나면 싹 풀린다고 하더니 정말인 모양이다.

내가 눈을 뜨자 옆에서 기다리고 있던 포터는 밖으로 구경하러 나가잔다.


가벼운 옷차림으로 MBC 주변을 산책하는데 올라올 때 끼었던 구름은 어디로 갔나 없고 올라오던 골짜기와 ABC로 올라가는 곳만 터져 있고 바위산으로 벽을 두른 함박만 한 하늘은 안개구름으로 덮여 있다.

그리고 공기가 얼마나 맑은지 표현할 수 없었으며 머릿속은 텅 빈 것 같은 느낌이 들었다. 그리고 내가 지금 어디에 서 있는지조차 생각이 들지 않을 정도로 무아의 세계로 들어와 버렸다. 이곳이 바로 천국이구나 하는 생각이 들었으며 '이 맑은 공기를 집으로 가지고 갈 방법이 없을까'하는 욕심이 생겼다. 그동안 다녀본 지리산 천왕봉이나 설악산 대청봉 공기는 비교가 안 되는 공기였다.

포터는 나를 즐겁게 해주려고 안나푸르나와 마차푸차레를 배경으로 사진을 찍어 주면서 빙하로 뒤덮인 삼각 칼날 같은 마차푸차레 모습과 웅장한 안나푸르나 봉우리를 가르치며

"원더풀!"

"뷰티풀!"을 외쳐 댔다.

이렇게 자연에 넋을 잃고 있다 갑자기 집사람 생각이 떠올라 핸드폰으로 통화를 하려고 꺼내다 이곳은 인간의 기기가 통하지 않는다는 것을 깨닫고 아쉬움이 감돌았다.

마차푸차레 베이스캠프(MBC) 주변

그때 생쥐 한 마리가 바위 틈새로 들어가는 모습이 눈에 들어왔다.

참 신기한 동물이다. 이 험하고 추운 곳에서 어떻게 살아 남아 있을까? 생쥐가 신비롭게 생각되었다.

포터와 주변을 산책하며 자연을 즐기고 있는데 우연히 50대로 보이는 한국 사람을 만나게 되었다. 그분도 MBC에 다 숙소를 정하고 혼자 산책을 나왔단다. 이야기를 나눠 보니 고등학교에서 영어 교사를 하다 그만두고 스님이 되었다며 종종 가이드 없이 해외 나들이를 한단다. 얼마나 자유로운 영혼인가? 하는 생각이 들었다.

두 사람은 말 몇 마디에 아주 오래된 친구같이 친해져 종교 이야기, 지진 이야기 등 한참을 이야기하다 보니 시간이 얼마나 흘러갔나 딸아이가 돌아왔다.

# 산행 4일 차.

새벽 다섯 시가 되자 밖에서 사람 발소리가 들렸다. 나도 잠이 오지 않아 다섯 시 반쯤 옷을 입고 나와 보니 어제와는 달리 너무나 아름다운 아침이었다. 몸도 가볍고 어제 가보지 못한 ABC가 생각났다.

아침 해를 보는 것이 ABC에서 보는 것과 MBC에서 보는 것이 다를 것 같다는 생각이 들어 고갯마루 하나만 더 올라가서 보자고 하면서 오르기 시작하였다.

그런 나를 보고 딸이 뒤에 따라서 온다고 하여 혼자 으쓱으쓱한 한기를 이겨가며 천천히 ABC를 향하여 오르기 시작하였다.

내가 머문 곳이 해발 3,700m이니 이왕 온 것 4,000m는 올라가야 친구들에게 자랑거리가 될 것 같아 계속 오르기 시작하였다.

어제 데우랄리에서 MBC까지 오르는 데는 지쳐서 그랬는지 상당이 가파르다고 생각했는데 MBC에서 ABC를 오르는 데는 경사가 완만하고 길이 좋았다. 눈앞에 보이는 능선을 오르고 나면 또 능선이 나오고, 금방 눈앞에 ABC가 나타날 것 같은데 생각보다 멀리 떨어져 있다.

뒤를 돌아보니 딸아이가 저만큼 뒤에 나타나 걸어오고 있다.


아침 햇살에 눈부시게 펼쳐지는 안나푸르나 설경을 핸드폰에 담고 또 담아 본다. 구름 하나 없이 맑은 하늘에 너무나 아름다움을 시기하나 갑자기 한쪽에서 안개구름이 나타나더니 조금씩 가려져 혹시나 다 가려질까 봐 열심히 핸드폰에 자연 풍경을 담아 보았다.

마차푸차레 아침 풍경       마차푸차레 저녁 풍경

딸아이가 빨리 와 사진이라도 한 장 찍어 줬으면 하는데 나타나지 않아 혼자 셀카로 찍어보니 마음에 들지 않아 지워 버리고 또 걷고 걸었다.

이렇게 올라가고 있는데 내려오는 사람이 나타나 사진 한 장 부탁드렸다. 그러다 또 오르니 저 멀리에 ABC가 눈에 들어온다.

또다시 내려오는 사람에게 사진 한 장 부탁드리며 그의 모습도 한 장 담아 봤다.

그렇게 걷다 보니 ABC에 다 왔는데 어제 저녁때 만난 스님이 언제 올라갔는지 내려오면서 인사를 하여 반갑게 인사를 했다. 그리고 그에게 또 한 장의 사진을 부탁했다.

내가 ABC에서 내려온 것은 9시가 다 되어 MBC에 도착했다.

내 뒤를 따라오던 딸은 어디로 갔는지 보이지 않았다. 모험심이 많은 딸은 다른 곳으로 간 모양이다.

포터의 재촉으로 아침을 생강차 한잔과 토스트에 꿀을 발라서 먹고 딸보다 먼저 하산하기 시작했다.

오를 때 그리 힘들더니 내려오는 발걸음은 매우 빠르게 움직였다.

돌아간다는 기쁨에서 몸이 가벼워진 모양이다. 마음에 여유가 생겨 콧노래를 부르며 경쾌하게 걸었다.

아마 아침에 본 안나푸르나와 마차푸차레 봉우리의 기운이 내 몸에 뻗친 모양이다.

올라갈 때는 눈에 들어오지 않았던 힘차게 흐르는 빙하수 냇물도 사진에 담으며 간간이 만나는 사람에게 인사가 가볍게 나왔다. 도반에서 점심을 먹는데 나는 수프 하나로 때웠다.


아침에 토스트를 먹었는데 토스트에 버터를 얼마나 발랐는지 기름이 줄줄 흘러 억지로 먹은 것이 속을 버렸나 설사했다.

아침도 시원찮은 데다 점심까지 거르다 보니 오후에는 힘이 들었다.

그리고 시누이에다 숙소를 잡은 것이 무리였다. 이틀 올라간 곳을 하루에 내려오는 모양새가 되었으니 지칠 수뿐이 없었다.

더구나 올라올 때는 몰랐는데 밤부에서 시누아로 오는데 오르는 계단이 몇백인지 몇천인지 오르고 또 올라도 끝이 보이지 않았다.

계단이 천 계단도 넘는 것이 아닌지 모르겠다. 이 많은 계단을 올 때는 왜 몰랐을까? 생각해 보니 정신 무장에서 나타난 모양이란 생각이 들었다.

시누아에 도착했을 때는 상당이 지친 몸이었으나 이곳은 침실이 침대가 두 개라 딸하고 편안한 마음으로 잠자리를 맞이할 수가 있었으며 따뜻한 물로 발도 닦을 수 있었다. 3일 만에 만나는 물이다.

그리고 핸드폰이 터져 집에다 전화도 하고 문자도 날렸다.

# 산행 5일 차.

아침을 먹고 힘차게 하산하기 시작했다.

말이 하산이지 시누와에서 촘롬까지는 골짝을 내려갔다 다시 오르는 험난한 고갯길이 있으며 촘롬에서 지누단다까지의 급경사 내리막과 다시 오르는 길들은 절대 만만치가 않았다.

딸과 포터는 오늘 일찍 지누단다에 들어가 온천에서 푹 쉬고 몸을 회복한 다음 내려가자고 했다. 그러나 내 생각은 달랐다.

산에 오르면서 음식을 거의 먹지 못하고 생강차 한잔과

수프 한 공기에다 양주를 칵테일 한 맥주 한 통으로 버텼으니 몸이 지칠 대로 지쳐 있었다. 그래서 빨리 포카라로 돌아가 한식을 실컷 먹고 잠이나 자야겠다는 생각에 점심도 먹지 않고 걸음을 재촉하여 오후 3시쯤 사우리바자르까지 내려와 택시를 타고 포카라 호텔로 들어왔다.

오는 도중 택시 기사가 얼마나 난폭운전을 하는지 내 간이 콩알만 해진 것 같다.

차도 낡은 소형차에 도로는 다 패었는데 틈만 있으면 추월하니 사고 없이 온 것이 기적이었다. 다시는 이런 차는 타지 말아야겠다고 생각하게 했다.

아마 운임을 깎아서 그런지 모르지만, 도저히 용납이 안되는 운전이었다. 갈 때는 좀 살살 가라고 잔소리했는데 올 때는 그런 말조차 할 기운도 없었다.

포터가 6박 7일에도 어렵다는 코스를 5박 6일 잡고 등산에 나섰는데 4박 5일 만에 마치고 온 것이다.

원래 등산을 마치고 포카라에서 하루만 쉬고 카트만두에서 하루 쉬기로 되어 있었는데 일정을 조정하여 포카라에서만 3일간 푹 쉬며 페와호수를 산책하면서 한국인이 운영하는 「낮술」이란 한인 식당에서 한식으로 몸을 추슬렀다.

그리고 카트만두에서 포카라로 올 때 6시간씩이나 걸리

는 버스를 타고 왔는데 흔들리는 것이 겁이 나, 갈 때는 비행기를 이용하여 30분 만에 카트만두로 돌아왔다.

포카라에서 카트만두로 가는 비행기는 60인승 소형 비행기로 30여 분 걸렸다. 그리고 비행기가 소형이라 누구나 비행기에서 창밖을 내려다볼 수가 있어 좋았다.

비행기에서 내려다보는 눈이 덮인 히말라야산맥이 너무 아름다웠으며 넋 놓고 안나푸르나와 마차푸차레 봉우리를 바라보다 보니 꼭 꿈속에서 헤매다 깨어난 것 같은 기분이 들었다.

조금만 더 젊었더라면 다시 한번 도전해 보고 싶은데 이제는 기회가 영영 없을 것 같았다.

그저 마음속으로 '딸아, 고맙다.' '아비를 젊게 해 줘서, 내 자식이 아니면 세상에 누가 나를 이 멋진 곳으로 여행시켜줄 사람이 또 있을까?' 생각하며 창 너머로 보이는 길게 늘어선 히말라야산맥에 시선을 응시한 채 무념 속으로 빠져들었다.

창공에서 본 히말라야산맥

# 붉은 주마등

김복희 장편소설

2023년 2월 21일 초판 1쇄
2023년 2월 24일 발행
지 은 이 : 김복희
펴 낸 이 : 김락호
디자인 편집 : 이은희
기 획 : 시사랑음악사랑
연 락 처 : 1899-1341
홈페이지 주소 : www.poemmusic.net
E-Mail : poemarts@hanmail.net

정가 : 13,000원
ISBN : 979-11-6284-427-4

# * 김복희 작가 작품집

**단편소설**
〈물결〉

**수필집**
〈열음새〉

**장편소설**
〈모정의 명예〉

도서출판 시음사
시사향음악사향

'내가 왜 이런 곳에 있지?'

꿈을 꿔도 악몽을 꾸고 있는 모양이라 생각하면서 사람 소리가 들려오던 오른쪽으로 고개를 돌려 보니 휠체어에 탄 어머니가 안경을 쓰고 있는 50대 정도 되어 보이는 남자와 대화를 나누고 있다.

그리고 그 옆에는 차트판을 가슴에 낀 간호사가 의사와 같이 어머니를 물끄러미 쳐다보고 있는 모습이 눈에 들어왔다.

그리고 짙은 소독약 냄새가 코에 진동했다. 나는 직감으로 병원의 응급실인 모양이라는 생각이 들었다.

몸을 뒤척여 보자 양쪽 어깻죽지와 가슴에 통증이 말할 수 없이 왔고 팔에는 주삿바늘이 꽂혀 있는지 부자연스러우며 양쪽 팔이 침대에 묶여 있었다. 그리고 내 옷을 누가 갈아입혔는지 속옷은 없고 맨살에 헐렁한 환자의 가운만 입혀 있었다.

"1. 정신을 차려보니" 본문 중에서

정가 13,000원

대한문인협회
김복희 작가 서재 바로가기

03810

9 791162 844274

ISBN : 979-11-6284-427-4